몬순

몬순

MONSOON

동아시아 시인 국제동인 몬순 지음

문예
중앙

차례

고형렬

高 炯 烈

1954년 강원도 속초에서 태어났으며 1979년《현대문학》으로 등단했다. 시집 『대청봉 수박밭』, 『나는 에르덴조 사원에 없다』, 『유리체를 통과하다』, 장시 『리틀 보이』, 『붕새』, 장편 산문 『은빛 물고기』, 문학앨범 『등대와 뿔』 등이 있다. 2000년《시평》을 창간하고 340여 명의 아시아 시인들을 소개했으며, 2010년 카플(KAPLF, Korea-ASEAN Poets Literature Festival) 등을 개최했다.

구름, 악몽 惡夢

그의 영혼을 통과한 악몽들은 그대 꿈속에서 죽는다
소멸만이 악몽의 완전한 치유
꿈속을 지나간 것들만 다른 시간으로 건너간다

그것들과의 이별은 우주적 소멸
다시 만날 수 없지만 만나도 서로 알아볼 수 없다

그는 악몽들이 뒹군 꿈밭, 시궁창, 창상, 역사, 삶
욕망의 밑바닥 잘못 구성된 생
지구에서 악몽들이 무수히 통과한
작은 육체
찢어진 육체

그대들은 생의 지옥을 통과하고 있다

그대 없으면 이제 악몽들은 어디로 가나
수많은 지구의 악몽들을 어떻게 처리해야 하나
꿈을 풀어주어야 하나 가지고 가야 하나
함께 죽어야 하나

고형렬

영혼은 악몽을 담고 하늘에 떠 있다
지구의 꿈은 영혼의 꿈보다 더 빨리 인화印畫한다

그대가 이 지구의 모든 악몽을 다 꿈꿀 순 없다
다 꿈꾸고 구름처럼 떠날 순 없다

상공으로 가는 것들

점점 상공으로 올라가는 것들의 목록

책상 그릇 냉장고 도서 컴퓨터 변기 액자 문
주방 칼 안경

다시 내려오지 않는 것들
지상의 영혼들을 다 가져가는 잡화들
백 미터 이백 미터 상공에서 자는 신발들
조용한 새벽 신발들

주무시는 시간만이 신이다
신은 존재하고 인공호흡기는 호흡을 강요한다
모두 그곳에서 잠들고 싶지

인간의 코 고는 소리가 신의 잠을 깨울 수 있다
신의 잠은 재벌의 잠보다 얕다

점점 상공으로 사라져가는 것들의 이름의 집기들
아무것도 다르지가 않다

고형렬

물건의 이름과 이름의 물건들이

상공으로 가는 것들의 목록이 점점 많아진다
상공으로 향하는 것들과 이별한다
불편한 것들만 포장되어 지상에서 이동 중이다

바닥과 지하가 진절머리를 친다

가장 높은 곳에서 잠드는 자들을 쳐다본다
환한 정신병동,
모두 하나의 상공으로 이주하고 있다

비명이 마천루 새시 틈새를 물고 있다

지구의 노숙자, 하늘 시인

태초부터
지구의 노숙자가 있었지 우리나라에도

당신 나라의 하늘에도 보이겠지
우리나라의 노숙자

흰자만 살짝 내놓은 채 소리도 지르지 않고
하늘을 밟고 가는 귀신

어떤 고통 속에서도 울지 않는 법을 따른다

그런데 때론 피리를 부는 노숙자도 있나요
노숙이 발달하면 그렇다네

아 부러 한번 내려오게 하려는 욕망도 꾸었다
그러나 노숙자는 내려오지 않는다
한번 떠난 자가 다시 오는 법은 없다

당신 나라도 이런 노숙자 있어요?

고형렬

달밤의 모든 강물 속에서도 사랑은 잉태하나요?
상공 창가에서도
잊지 않고 쳐다보나요?

지구의 노숙자는 오늘도
지구 하늘에서 바람 불어 은모래 날리는
눈 틈으로 내려다 노려보고 있습니다

잘들 살고 계신지요
잘들 살고 주무시는지요
잘들 살고 가는지요
지구 노숙자의 꿈은 영원한 노숙의 복수

안녕, 내일 봐요 어제든지 나는
영원히 그대들 머리 위에 떠 있으니까

그런데 저 노숙자 당신 나라 노숙자 맞지요
우리가 수출한 그 노숙자 그 신발,
그 머리카락

'몬순'이란 시의 나라

국제 동인은 상대국으로 향한 다리를 건넌다. 말과 피를 섞어 다리를 건너가는 존재들은 번역되고 공감되려고 한다. 시가 타국에 가서 그 나라의 시와 비교되면서 다른 해석과 의미를 낳고 또 어떤 시적 결핍과 한계에 봉착할 수 있다. 그래서 '몬순'의 시 쓰기는 창작과 번역이라는 이중적 행위, 즉 자국에 있으면서 타국에서 시를 쓰는 행위와 같다.

지금까지 없었던 색다른 문학적 현상을 느낀다. 국내 지면에 비해 심리적 부담이 큰 것은 너무나 엉성하고 작은 시가 한 세상을 건너기 때문일까.

『몬순』의 독자는 양면거울이다. 모든 것이 삭제된 '몬순'의 거울 속에 몇 편의 시만 서 있다. 그 시들은 먼 주변에서 찾아온 낯선 착종錯綜들이다.

새로운 감각들은 형식의 변화가 요구하는 것을 이미 감지한다. 스스로를 거쳐서 타자들이 교감하는 시가 있다면 그것이 '몬순시'라 할 수 있을 것이다. 체제와 언어가 달라도 그 시의 나라에 닿는 것이 어떤 시의 형상과 번역이 아닐까. 이 교량에서 변역과 형상은 둘이 아니고 하나이다.

'몬순'이란 나라가 있기라도 한 것처럼 나는 그 다리로 향한다.

고형렬

김기택

金 基 澤

1957년 경기도 안양에서 태어났으며 1989년 한국일보 신춘문예로 등단했다. 시집으로 『태아의 잠』, 『바늘구멍 속의 폭풍』, 『사무원』, 『소』, 『껌』, 『갈라진다 갈라진다』 등이 있다. 김수영문학상과 미당문학상을 수상했으며, 현재 경희사이버대학교 미디어문예창작학과 교수로 재직 중이다.

김치 항아리

제법 큰 항아리가 머리에 얹혀 있으나
할머니 표정과 걸음은 편안하다.
두리번거리기도 하고 무단횡단도 새치기도 한다.
알맞게 발효된 맛과 향은
길바닥에 토사물처럼 터질 순간을 모르는 듯
삐걱거리는 관절 위에서 편안하다.
휜 등뼈와 팔자걸음 위에서 편안하다.
아무 데나 퍼질러 앉기 좋은 엉덩이의 리듬에 따라
기우뚱거리면서도 편안하다.
저 한 주먹 머리통 위에
열 명 남짓 갓난아기들도 없고
열 식구 한 해 먹을 김장도 없고
밑 빠진 구멍으로 돈 먹는 살림살이도 없고
죽기 전까지 잔소리 퍼부은 시어미도 없고
바람피우고 와서 돈 뜯는 남편도 없었으리라.
안절부절 전전긍긍 애지중지 아슬아슬
금 가랴 깨지랴 한평생 받치고 안고 감싸도
한순간 박살 나버리고야 말 항아리는

일없다는 듯 사는 게 어차피 그렇게 생겨먹었다는 듯
할머니 머리 위에 느긋하게 얹혀 있다.

김기택

베란다

한 사람이 들어가고 두 사람이 나온다
담배 두 개비가 들어가고 담배 세 개비가 나온다

오피스빌딩에 콧구멍처럼 달린 베란다에서
세 개의 벽이 산과 하늘까지 닿아 있는 실내에서

종일 네 벽과 천장에 갇혀 있던 숨이
눈동자에 서류 문신이 새겨지도록 혹사당한 눈이
젖꼭지를 물던 힘으로 흰 연기를 빤다

시름을 허공에 잔뜩 부려놓은 사람들이 들어가고
막힌 숨을 뚫으러 새 사람들이 나온다
몇 모금 공기만으로 배가 부른 사람들이 들어가고
날뛰는 숨 근질근질한 세포들이 나온다
급히 허공이 되고 싶어 배배 꼬이며 뒤틀리는 말들이 나온다

들숨 가득한 허파 하나가 들어가고
몸을 빠져나오고 싶어 안달하는 심장 둘이 나온다

봄

다시 폭발한다
작년에 폭발했던 자리
여러 번 터지며 찢어졌던 자리를 따라
태어나기 전부터 그려져 있던 폭발의 궤적을 따라
울긋불긋한 파편들이 튀어 오른다
내부에서 무언가 깨지고 갈라지느라
껍질이 들썩거린다

폭발로 추위가 깨지고
추위에 갇혀 있던 따뜻한 바람이 풀려나온다
폭발로 무채색이 깨지고
무채색에 숨어 있던 색깔이 쏟아져 나온다
폭발로 그늘이 깨지고
그늘에 막혀 있던 빛이 터져 나온다
폭발로 무게가 깨지고
무게에 눌려 있던 가벼움이 솟구쳐 오른다

김기택

언어의 장애를 소통의 가능성으로

언어는 시가 나오는 모태이지만 장애물이기도 하다. 시에는 언어를 통해 언어 너머의 세계에 닿으려는 욕망이 있다. 언어는 이 욕망을 충족시키기 위한 필수적인 조건이자 무한한 가능성이지만 동시에 치명적인 한계이기도 하다. 시를 번역하여 읽는 일에 이르면 이 문제는 더욱 심각해진다. 외국 시인들과 함께 시를 낭독하고 이야기한 경험을 되돌아보면 이런 어려움이 피부로 느껴진다. 그럼에도 불구하고 이상하게도 시가 공용어같이 느껴질 때도 종종 있었다. 언어로 설명하기 어려운 감각적 사건들, 정서적 사건들, 내면의 다양한 사건들이 언어의 방해를 헤치고 메시지보다 더욱 분명하고 확실하게 다가오는 것이 느껴질 때가 있었다. 시는 머리뿐만 아니라 온몸을 열고 소통하는 예술이기 때문일 것이다.

언어의 차이, 문화의 차이에도 불구하고 소통의 가능성이 무한하게 열려 있는 시를 통해 이웃나라에서 각각 첫 공동시집을 발간하게 되어 아주 반갑고 설렌다. 이 성과는 순수하게 시인들끼리 뜻을 같이하여 이루어졌다는 점, 문화적·역사적으로 서구나 다른 대륙과는 다른 공통점을 많이 갖고 있는 아시아 시인들 간의 공동 작업이라는 점에서 더욱 뜻깊다. 이 시집은 번역을 통해 시를 읽는 이중의 장애를 무한한 소통의 가능성으로 전환하려는 노력의 첫 결실이다. 이 결실이 혼자 시를 쓸 때는 경험할 수 없었던 즐거움을 주고 더 큰 소통의 장으로 확장되기를 기대한다.

나무라 요시아키

苗村吉昭

1967년 일본 시가현에서 태어났다. 1993년 시가현의 시인 단체인 오미 시인회에 가입하며 작품 활동을 시작했다. 시집『무기』,『버스birth』,『반가 사유』, 산문집『문학의 문, 시의 문』등이 있다. 현재 중소기업지원기관에 서 근무하며, 오사카대학 학교통신교육부 강사로 있다.

「기호와 서정」 시편

□

여름방학 전날
딸아이가 학교에서 송사리를 가지고 돌아왔다
작은 송사리 치어를
손바닥에 올려놓을 정도의 작은 사각형 수조에 넣어
여름방학이 끝나면 이 송사리들을 학교에 도로 가져 가야 한단다
소중히 길러야 한다
우리는 커다란 사각형 수조를 사서
송사리를 맞아들일 준비를 한다
커다란 사각형 수조 안에 작은 사각형 수조를 넣고
작은 송사리를 커다란 수조의 수온에 익숙해지게 한다
송사리 앞에 커다란 세계가 펼쳐진다
작은 송사리는 작은 사각형 수조 가에 몰려
저편에 펼쳐지는 새로운 세계로 나아가려 하지만
송사리에게는 보이지 않는 작은 사각형 수조 벽에 막혀서 나아
갈 수가 없다
　조금 후에 딸아이는 작은 송사리를 작은 사각형 수조에서 커다
란 수조로 옮겼다

　　　　　　　　　　　　나무라 요시아키

작은 송사리는 커다랗게 펼쳐진 세계를 자유롭게 헤엄치고 있다
하지만
이윽고 커다란 수조 벽의 존재를 알게 되리라
즐거운 듯이 송사리에게 먹이를 주는 딸아이도
이 세계가 몇 개의 사각형으로 되어 있음을 알게 되리라

○

원을 그린다
그러자 이내 동그라미가 된다
나는 무엇으로 동그라미를 받을까
나는 또 하나의 원을 그린다
그러자 이내 눈알이 되어
나를 뒤돌아본다
네게 줄 동그라미 따윈 없어, 라고
나는 또 한 번 원을 그린다
그러자 또 하나의 눈은 미간 언저리에서 열려
나를 쏘아 꿰뚫는다

진실을 보라, 고
나는 동그라미이고
나는 동그라미가 아니다
나는 오늘도
조금 이지러진 원을 그린다

×

효도하지 못했지요? 아버지
당신은 아들 둘을 얻었지만
둘 모두 효도하지 못했지요? 아버지
그래도 형은 상장기업에 근무하고 있어서
세계를 뛰어다니면서
혼자 몸이지만 고연봉 샐러리맨이 되었지요
저는 시 따위 돈이 되지 않는 짓을 하고 있어서
돈을 벌기 위해 또 다른 일을 하고 있고
아내와 딸, 셋이서 검소하게 살고 있습니다.
효도하지 못했지요?

　　　　　　　　　　　　나무라 요시아키

정말 효도하지 못했지요? 아버지

당신이 돌아가시고 나서

부족한 아들 형제는

서로 말다툼하지는 않지만

서로 기억 속의 아버지 모습을 보고

나이를 먹을수록 아버지를 닮아서

하지만 아버지는 이 세상에 안 계시고

부족한 아들 형제는

말없이 오늘도 일하러 가고

이 세상에 안 계시는 아버지로부터 벌점을 받지나 않을지

때때로 생각하면서

아니 의외로 빙긋

웃어주시지는 않을까, 하고

때때로 생각하고

생각하며

당신이 할 수 없었던 일을 하고 있습니다.

/

나는 떠도는 한 개의 유목流木이다
밀려왔다 밀려가는 파도에 희롱을 당하면서
해변에 닿을 듯 닿지 않는
한 개의 유목이다
바닷물로 퉁퉁 불어버린
한 개의 유목이다
그리하여 겨우 해변에 밀어 올려지면
쨍쨍 내리쬐는 햇빛에 바래어져
말라간다
한 개의 유목이다
말라빠진 내 옆으로
조개를 주우러 온 소녀가 걸어가고 있다
이제 다시 떠내려가지는 않을 텐데도
'엄마, 유목이야' 하고 나를 밟고 지나간다
그래
나는 일찍이 한 개의 유목에 지나지 않았다
그러니까 나를 유목이었다고 설명해주기 바란다

나무라 요시아키

이 소녀가 이윽고 엄마가 됐을 때
엄마는 일찍이 한 사람의 소녀였다고 설명되듯이
그리고 내게도 이 소녀와 같이
엄마를 통해 태어나는 이전의 모습이 있었다고
눈부신 빛의 세계
그 세계로 돌아갈 때까지
지금은 말라빠진 모습을 드러내자
비록 큰 파도가 몰려와서
내가 다시 유목이 되는 수가 있다 해도
유목이란 나의 임시 이름에 지나지 않는다.

∞

당신이 죽은 그 뒤에
나는 당신의 시집을 조용히 펼치고
당신의 시를 조용히 읽을까
아니 내가 먼저 죽는다면
당신은 내 시집을 끌어당겨

내 시를 조용히 읽어줄 것인가

어느 쪽이든

시는 죽음 이전에 쓰여진 것이라서

죽음 이후의 일까지 생각하고 쓴 건 아니지만

역시 이렇게 시집에 수록되어 있으면

하나하나가 유서가 된다

그러므로

누가 읽어줄지 몰라도

내가 죽은 그 밤에

내 시집을 조용히 펼치고

읽어줄 사람이 있다면

나는 가서 인사를 하자

결코 전달되지 않을 인사지만

나는 가서 인사를 하자

나는 있습니다

나는 여기 있습니다,

라고.

나무라 요시아키

시를 창窓으로

『지구를 걷는 법』이라는 해외여행 가이드북이 있다. 30여 년 전 학창 시절 중국과 프랑스를 여행했을 때 이 책을 들고 돌아다녔는데, '몬순' 동인에 참여하라는 권유를 받았을 때 나는 한국편의 『지구를 걷는 법』을 바로 구입했다. 그리고 때때로 한국의 지명이나 언어, 문화나 역사 등의 지식을 습득하고 있지만, 새삼스레 한국에 대해 잘 몰랐던 사실을 부끄럽게 생각하고 있다. 중국도 역시 최근 30년간 커다란 변화를 겪고 있을 것이다.

이번에 고형렬 시인이 『몬순』의 발간을 제안함에 따라 한국과 중국으로 향하는 시의 창이 내 앞에 열렸다. 나는 우선 이 창을 통해 양국의 시인들과 대면할 수가 있게 되었다. 이제 앞으로 양국 시의 동향이나 삶의 모습을 진지하게 배워가려 한다. 가능하다면 이 창을 통해 일본 시인들에 대해서도 더 많이 알 수 있기를 바라고, 상호간에 영향을 주고받으면서 더욱더 좋은 시를 써나갈 것을 기대한다.

한국어나 중국어의 번역에 의한 동시 출판을 전제로 하는 경우 일본어의 형태나 소리에 의한 매력이 아닌 작품의 구성력과 전달 내용이 분명한 시를 발표해야 하겠지만, 이번 호는 우선 지난해부터 씨름해오고 있는 「기호와 서정」 시리즈를 선보이기로 했다. 히라가나, 가타가나, 한자, 기호 등의 구분에 의한 효과를 생각하면서 창작하고 있는데, 이를 어느 정도까지 한국이나 중국의 독자들에게 전달해드릴 수가 있을지를 즐거운 마음으로 기대하고 있다. 번역하시는 분들께는 번거로움을 끼치게 되었다. 깊은 감사의 말씀을 드린다.

나무라 요시아키

나카무라 준

中村 純

1970년 일본 도쿄도에서 태어났다. 2003년《시와 사상》에 투고하며 시작 활동을 시작했다. 시집으로『초가집』,『바다의 가족』,『발가벗은 갓난아기』가 있고, 산문집『생명의 원류─계속 사랑하는 사람들에게』를 펴냈다. 도쿄에서 편집자, 교사 등의 일을 했으며, 2011년 동일본 대지진 원전 사고가 일어나 교토로 이주했다.

생명 · 언어 단장斷章 ― 넘어서기 위해

언어가 그 사람을 선택해서 내려온다.

언어가 문득 나로 하여금 쓰게 한다.

죽은 사람들이, 쓰게 한다.

한 시대의 흐름 속에서, 언어가, 인간에게 역할을 요구한다.

지금 정치 상황도, 그 사람에게, 말하게 한다.

언어는 넘어서기 위한 창조이다.

우리는, 시대를 뛰어넘는 창조를, 언어를 통해 행할 수가 있다. 나치 · 히틀러의 언어를 초월한 것은, 프랭클이나 프리모 레비, 채플린의 언어였다. 능욕된 여자들을 일으켜 세운 언어.

미나마타병과 원폭으로 파괴된 인간을 일으켜 세운 언어. 오키나와의 목소리. 그것은, 고통으로 가득 찬 그 자신의, 인간의 언어였다. 반대만으로는 뛰어넘을 수 없다. 파괴된 인간이, 재생할 때 일어서는 존엄과 깊은 인간성의 빛남. 그 빛남이 미래를 비췄다.

가장 고통당한 자가, 가장 희망이라고 하는 역설. 그리고, 당신은 그 아픔을 받아들여, 살아남았다.

인간성을 파괴하는 언어나 제도를 초월하는 건, 인간성을 회복하는 언어다. 시대의 파도를 넘어갈 수 있을지 없을지의 열쇠는, 언어를 통한 창조에 있다.

헤이트 스피치hate speech*가 상징하는 시대의 흐름과 공기.

넘어설 수 없다면, 그날의 관동대지진 조선인 대학살.

넘어설 수 없다면, 그날의 남경대학살.

넘어설 수 없다면, 특공대 청년들의 갈 곳을 잃어버린 영혼.

언어가, 죽은, 날.

살육으로 짐승이 된 자들에게는, 인간의 외침은 들리지 않고, 누가 가해자고 피해자인지도 모르게 되는, 지옥도地獄圖. 언어와 이름을 빼앗긴 인간은, 죽을 수밖에 없었다. 약탈한 짐승들은 스스로도 인간인 점을 잊고 언어와 이름을 빼앗긴 사람들이, 인간이라는 사실을 모르게 되었다.

도륙된 조선인도, 중국인도, 옥쇄玉碎한 특공대 청년도, 생명이 다할 때, 자신이 누구였던가를 생각해냈을까?

어머니에게 안겨, 이름이 지어진, 날.

햇빛에 놀라, 눈을 크게 뜬, 무구한, 생명.

과연 생명을 빼앗긴 것을, 생각해냈을까?

---

* 현재 일본 우익 인사들이 혐한(嫌韓) 활동 시 외치는 한국인에 대한 증오 내용의 구호 등을 지칭한다 ― 역자주.

나카무라 준

당신들의 영혼은, 방황하는, 채로 있다.

지금, 시대의 위기를 감지한 시인에게, 언어를 되찾은 죽은 자들이, 땅 밑에서 말을 걸어오고, 시인으로 하여금 말하게 한다.

고통을 두려워 말라, 뛰어넘기 위해.

인간의 언어를 창조하라, 뛰어넘기 위해.

한 여성의 사진에 부쳐

흙덩이 속에 내던져진, 당신

'종군위안부'라고 불리며

성폭력 끝에, 살해당한, 당신

위안부가 아니라, 전시성戰時性 폭력입니다

위안부가 아니라, 한 사람의 여성입니다

당신에게도, 어머니와 아버지, 연인도 있었지요

한 사람의, 둘도 없는, 여자의 생명이여

더 이상, 당신을 혼자 두지 않으리, 나의 친구여

나카무라 준

어머니께

헤이트 스피치 따위, 모른 채 지내주세요
다시 사람을 믿는 것이 불가능하게 되었지요?

조용하고 산뜻한 아침의 나라, 희미한 빛의 아침
고추 색깔 선명한, 경주의 지붕

당신이 한 번도 본 적이 없는 부친의 고향은
아름답고, 자랑스럽고, 인정 많은 사람들의 나라입니다

저는, 이 일본에서는, 슬픈 생각도 하지만
아름다운 아침의 나라에서 푹 안기어, 함께하며 환영을 받습니다

한국 사람은, 인간의 고통을 아는 사람이다
한국 사람은 용기가 있는 사람들로
고통받고 있는 사람을 혼자 두지 않는다
자신이 고통받는 것도, 두려워하지 않는다
당신은, 한국에서 사랑받을 것이다
한국 시인은 그렇게 말하며, 내 어깨를 안아주었습니다.

죠센朝鮮의 '죠'를 듣기만 해도
겁에 질려버리는 어머니의 아픔과 분노는
일본에서 '죠센진朝鮮人'이라는 단어가
어떤 울림으로 입에 올려졌는가, 하는 것

금년 어머니날은
마음속으로, 당신에게 아름다운 아침의 나라를 보냅니다
그리운 사람들이 있는 아침이 산뜻한 나라를 보냅니다

언젠가 함께 가자고 전했는데
당신이 기피하면서도
한국 드라마로 동경하게 된 반도에 갈 용기를 내기 전에
당신은 다시
일본을 두려워하여 사람들과 만나지 않게 되지요

이제 차별은 끝났어요, 시대가 바뀐 거예요
그렇게 전한 날도 있었는데
이 나라는 어리석은 행위를 되풀이합니다.

나카무라 준

이 나라에는

군사적 폭력을 호소하는

궁극적 인간의 존엄을 추궁하는 할머니에게

'돈에 집착한다'거나, '돈이 목적일 거다'라거나

'스스로 지원해놓고서는' 따위로 말하는 사람들이 있습니다

그런 돈 따위 손에 쥐더라도

할머니들에게는 쓸 곳도 없고

생각해보면, 알 수 있을 터

법률이, 돈으로밖에 피해를 배상할 수 없을 뿐

사실은, 사죄를 해달라는 것뿐이지요

존엄을 짓밟힌 사람들은, 돈 따위가 아니라

상대방에게 자기들이 한 몰지각한 가해의 의미를

받아들여달라는 것뿐이지요

다음 방한 때는

꼭 할머니들을 안아드리려 합니다.

당신을 안는 대신으로

어머니

당신도 아직

누군가가 사죄를 해주기 바라는 것뿐이 아니겠는가, 하고

한 사람의 둘도 없이 귀중한

동일한 생명이라는 걸 소중히 대우 받지 못했던

그 일을

사회에 사죄해주기 바라는 것뿐이 아니겠는가, 하고

당신에게

아름다운 나라 사람들의 영혼을, 풍경을, 보냅니다.

조금 늦은 어머니날에

나카무라 준

당신을 만나고 싶습니다

　일본은 평화헌법에 따라 '전쟁을 하지 않는다'고 결정한 나라입니다. 중국과 한국은 물론 아시아 여러 나라 사람들의 언어와 생명을 빼앗고, 핵무기를 처음으로 자신의 몸에 받은 나라입니다. 히로시마에 떨어진 원자폭탄은 인간을 선 채로 백골화시킬 정도의 참상이었고, 그 열선熱線에 노출된 것은 일본인뿐만 아니라 조선인들도 3만 명이나 된다고 알려져 있습니다. 도쿄 대공습으로 인해 불에 타서 탄화炭化한 사람들과 도쿄. 한국전쟁의 특수特需와 일본 전후 부흥은 깊은 관계가 있습니다. 전후 70년, 지금 헌법이 위기를 맞고 있습니다. 재차 전쟁에 가담하고 무기 수출로 경제 부흥을 해도 괜찮은 것인지, 우리들의 삶에 대한 질문이 던져지고 있습니다.

　저희 집에는 교토대학에서 일본 문학을 공부하고 있는 젊은 중국인 여성이 찾아옵니다. 그녀의 꿈은 중국에서 일본 문학을 가르치는 것입니다. 꽃샘추위의 계절, 우리들은 교토의 벚꽃을 함께 보러 갈 약속을 해놓고 있습니다. 저는 일본인이지만 외할아버지는 한국 경주 출신입니다. 중국·한국·일본 서로 간에 자국의 술이나 요리를 맛보며, 시를 얘기하는 시대가 이어지기를 기원하고 있습니다. 친구의 나라에 헤이트 스피치가 아닌 시를 보냅니다. 당신을 만나고 싶습니다.

나희덕

羅喜德

1966년 충남 논산에서 태어났으며 1989년 중앙일보 신춘문예로 등단했다. 시집으로 『뿌리에게』, 『그 말이 잎을 물들였다』, 『그곳이 멀지 않다』, 『어두워진다는 것』, 『사라진 손바닥』, 『야생사과』, 『말들이 돌아오는 시간』 등이 있고, 산문집 『반 통의 물』, 『저 불빛들을 기억해』, 시론집 『보랏빛은 어디에서 오는가』, 『한 접시의 시』 등이 있다. 현대문학상, 이산문학상, 미당문학상 등을 수상했다. 현재 조선대학교 문예창작학과 교수로 있다.

나이-톰보-톰보*

나이-톰보-톰보,
세계 너머에 대한 상상이 시작되는 곳

나이-톰보-톰보, 그곳은 바닷가에 있지
거룩한 산에 다다른 영혼이 뛰어내리는 바위,
바다에 옛 노래가 울려 퍼지면
그제야 죽음이 임한 걸 알게 된다지

나이-톰보-톰보, 그곳은 사막에도 있지
알타이족은 영혼이 사막을 건너간다고 믿었지
사막에 옛 노래가 울려 퍼지면
그제야 죽음이 임한 걸 알게 된다지

나이-톰보-톰보, 그곳은 마루에도 있지
인도 소라족은 망자의 영혼이
마룻바닥을 통해 지하세계로 내려간다고 믿었지
이를 도우려고 함께 뿔고둥을 불었지

* Nai-thombo-thombo: 피지 섬의 성산(聖山) 나카우바드라에 있는 바위로 '뛰어내리는 곳'이라는 뜻.

나희덕

나이-톰보-톰보, 그곳은 벌판에도 있지
시베리아에서는 야생순록의 가죽으로 된 북을 쳤다지
추운 벌판을 건너는 영혼에게
야생순록처럼 튼튼한 안내자가 필요하니까

나이-톰보-톰보, 그곳은 숲에도 있지
부시면족의 영혼은 기린을 따라갔다지
울창한 숲을 통과하기 위해서는
목이 길고 참을성 있는 안내자가 필요하니까

나이-톰보-톰보,
노래만이 따라갈 수 있는 곳

마른 나뭇가지를 들고

숲길에서 우연히 주워 든
나뭇가지 하나

잎과 열매가 아직 남아 있는,
굽이치며 뻗어간 궤적과 부러진 흔적을 지닌,
이 나뭇가지는 어디서 왔을까

혹시 몰라,
우주목에서 떨어져내린 가지일지도

그걸 주워 북을 만들면 평생 노래를 부르며 살게 된다지

북을 만들 수는 없어도
어떤 노랫소리가 흘러나오는 것 같아
숲길에 서서 귀를 기울인다

마른 나뭇가지를 들고
마른 나뭇가지를 들고

노래의 힘으로 죽음의 사막을 건넜던
알타이 샤먼들처럼

새를 삼킨 것 같은,
새를 따라 날아오를 것 같은, 이 느낌은

아누가 하늘을 만든 후

치통을 낫게 하는 아시리아의 주문은 이렇게 시작된다.

아누가 하늘을 만든 후
하늘이 대지를 만들고
대지가 강을 만들고
강이 연못을 만들고
연못이 벌레를 만들었다

이렇게 태어난 벌레는 신에게 가서 먹을 것을, 파괴할 것을 달라고 했다. 신은 벌레에게 과일을 주었지만 벌레는 인간의 치아를 달라고 했다. 아누가 하늘을 만든 후 얼마나 많은 벌레들이 연못에서 태어났을까.

이제 인간은 치통을 달래기 위해 더 이상 주문을 외우지 않는다. 신 대신 의사를 길러낼 학교를 세우고 벌레를 몰아낼 병원을 지었다. 약품과 물자를 나르기 위해 자동차를 만들었고, 커다란 배와 비행기를 발명했다. 그에 따라 대형선박의 난파와 비행기의 참사가 발명되었다. 아누가 하늘을 만든 후 얼마나 많은 비행기가 공중에서 사라졌을까.

나희덕

아누가 하늘을 만든 후
하늘이 비행기를 삼키고
비행기가 인간을 삼키고
인간이 화염을 삼키고
화염은 하늘을 삼켰다

노래는 어디서 오는가

여기가 세상의 끝이구나 싶은 곳을 이따금 만나게 된다. 세상의 끝은 자연스럽게 저 너머의 세계에 대한 상상을 불러일으킨다. 한국에는 '땅끝'이라는 지명이 있기도 하고, 영국 와이트 섬 서쪽 끝에는 '니들즈Needles'라고 불리는 절벽과 바위들이 있다.

가보지는 못했지만, 피지 섬 끝에는 '나이-톰보-톰보Nai-thombo-thombo'라는 바위가 있다고 들었다. 죽은 영혼이 마지막으로 뛰어내리는 곳. 바다로 둘러싸여 살아온 섬사람들에게는 거친 파도가 삶과 죽음의 경계로 여겨졌을 것이다. 어떤 부족에게는 끝없는 사막이, 추운 벌판이, 무성한 숲이, 마룻장 밑의 어둠이 그 경계였을 것이다. 이처럼 원시 부족들의 신화나 제의를 보면, 그들의 자연환경에 따라 사후세계에 대한 상상이 각기 다른 걸 볼 수 있다.

그런데 한 가지 공통점은 노래만이 삶과 죽음을 이어주고 망자와 동행한다는 믿음이다. 시와 노래의 기원을 거슬러 올라가면 샤먼의 노래는 우주목까지 닿아 있다. 이제 샤먼은 사라지고, 신화의 세계로부터 까마득히 먼 곳에 우리는 살고 있다. 하지만 세상의 끝처럼 여겨지는 절벽 앞에 서면 어디선가 희미한 노랫소리가 들려오는 것 같기도 하다. 이따금 그 노래를 받아 적기도 한다.

나희덕

린망

林 莽

1949년 중국 허베이성 쉬수이에서 태어났다. 1981년《축소압》에 시를 발표하며 작품 활동을 시작했다. 시집『린망의 시』, 『린망시선』, 『린망시가 정선집』, 산문집『세월은 순식간에 과거가 된다』, 『린망시화집』등이 있다. 2011년 중국작가 마카오 서화전과 2013년 컬럼비아 메델린 시가 축제에 참가했다. 현재 중국 시가 연구 간행물《시탐색》작품권 주편이다.

청량한 박하

고모는 손바닥으로 몇 조각 잎을 가볍게 두드린 후
나와 그녀의 이마 위에 붙였다
시원하게　맑은 향기가 나의 코를 엄습해 들어온다
초여름날
날카로운 매미 울음이 막 울기 시작하는데
어제 작은 숲속에서 주운 매미 허물이 아직도 부드럽다
부드러운 박하 잎이 울타리에 자라는데
부추　상추　가지　보랏빛 소엽蘇葉이 있다

몇십 년 전의 기억이었다
그해의 박하와 소자엽蘇子葉
그것들의 소박한 향기는 이미 사라졌다
고모는 외성의 작은 도시에서 천수를 누리며
전화 속의 소리는 늙지 않았을지라도
망각은　그의 마음을 깨끗하게 아이처럼 만들었다

그해는 어떻게 보냈는지
외성에서　시골에서　도시에서
열차의 굉음과 소망하는 편지 속에서

매일 아침과 황혼의 집에서

이전의 평화와 침착함은 세상사에 어둡지 않은 어린 시절을 수
반하고
이전의 고통과 죽음은 반세기의 동요와 변환을 수반하고

고향 호수에 이르는 정원에서
박하와 보랏빛 소엽의 향기
세월을 뚫고   나의 어린 시절을 불러온다

기념 紀念

이 보랏빛 꽃들은 그를 만난 적 있는데
아르헨티나의 여름이었는지 봄이었는지 분명하지 않다
햇빛이 찬란하게 큰 거리를 비추는데
온 거리에 높은 가로수들은 보랏빛 꽃을 가득 피웠다
한 잎 한 잎 도시 전체를 낭만적으로 만들었다

아마 틀림없이 봄이었으리라
나뭇가지에는 파르스름한 빛도 나타나지 않았는데
그것들은 오동이 아니지만
그것은 오동의 줄기보다도 더 아름답다

부에노스아이레스
탱고를 발명한 이 도시에서
나무가 탱고 춤을 따라 자라고
사람들은 나무가 움직이는 모습을 모방한다
이 아름다운 도시에서
활짝 핀 보랏빛 꽃은
나의 마음속에 가득 찼다

그해　실명한 보르헤스

한 시인은

마음으로 그것의 아름다움과 고귀함에 응답하며

그가 우연히 봄날의 거리를 걸어가고 있을 때

나는 생각한다 보랏빛 꽃들은 그를 기억하고 있을 것이라고

❊ 부에노스아이레스의 거리에는 보랏빛 꽃들이 가득 피어 있는 높은 가로수들이 많은데, 통역자가 나에게
　일러주길 이 나무는 '자카란다(Jacaranda)'라고 부른다고 했다.

모든 것은 변할 수 있다

모든 것은 변할 수 있다

내가 매일 지나온 거리에서

바람은 다른 방향으로부터 저 침엽수를 스치며 지나갔지

그것들은 구불구불한 자세로

아주 겸손한 몇 사람을 얼마나 닮았는지

모든 것은 변할 수 있다

옛날 개구쟁이는 타향으로 멀리 가버리고 감감무소식인데

흰옷 입은 그 소녀는 언제 몸매가 풍만한 부인이 되었고

내 바쁜 발걸음은 느리게 변했는지

세월들이 시곗바늘 아래 점점 사라지고

늙은 나무에 새싹이 자라나는데

내 몸의 어느 부분은 이전 습관의 사물

이제 더 이상 적응되지 않는다

시국이 바뀌어　큰소리치는 어느 사람은 침묵하게 되었고

모년 모월　그는 자신의 포로가 되었다

어떤 친구들은 언제나 영토를 고수하고 싶었다

어떤 낯익은 사람들은 당신의 시야에서 영원히 떠나버리고

나의 창밖에는 사계가 분명하다

은행나무 몇 그루는 초록색에서 황금색으로 변하고

감탕나무는 언제나 검푸른 빛깔로

점점 높이 자라나며

좁은 복도를 덮어버렸다

지금   갈색 장난감 개가 지나가는데

나는 그 주인이 끌고 있는 개줄을 볼 뿐이다

내 머리카락은 점점 하얗게 되고

어떤 일들은 아마 더 이상 중요하지 않고

내가 바라는 일은 줄곧 일어나지 않았지만

많은 일의 의미는

오랜 세월이 지나   원래 있던 느낌마저 변해버렸다

독서는 생명을 찬란하게 한다

나는 「영혼의 역정」이란 글에서 다음과 같이 쓴 적이 있다.

    만약 '문화대혁명'이란 동란이 없었다면 나는 아마도 예정된 순서에 따라 인생의 길을 걸어나갔을 것이다. 하지만 우리 집의 창문에 표어 구호가 가득 붙으며 아버지가 조반파造反派의 차량에 실려 강제로 끌려갔다. 그 후 어둑한 방 안에서 나의 영혼은 철저한 환멸을 경험했다. 청년 시절에 품었던 환상과 희망은 깊이를 헤아릴 수 없는 구렁텅이로 빠져드는 것 같았다. 어머니는 마음을 가라앉히며 태연자약한 말투로 열여섯 살의 사내아이에게 책임을 깨닫게 해주었다. 회의와 반항의 정서는 줄곧 적극적이고 열정적인 한 청년을 내향과 침잠의 세계로 이끌었다. 1960년대의 마지막 몇 년을, 나는 사회와 가정의 동요와 불안 속에서 보냈던 것이다. 나는 외출했다가 돌아올 때마다 길모퉁이를 도는 순간, 언제나 집의 문 앞에 무엇인가 나타나지 않을까 걱정하고 있었다. 바람 따라 흔들리는 표어 종이들이 지금까지도 내 마음속에 흔들리며 영혼에 상처를 내어 피를 흘리고 있다. 그 몇 년 동안 나는 방구석에 앉아 발자크, 위고, 플로베르, 괴테, 톨스토이, 푸시킨 등의 대작가들을 읽었다. 그들은 내 깊은 영혼에 지혜의 빛을 던져주었다. 도서관 속에서 흘러나온 이 짓이겨진 서적들이 한 권 한 권씩 친구와 동학의 손으로 전해지며 아주 빠르게 전파되어나갔다. 그 고난의 세월에 나는 책들을 동반자로 삼아 청춘을 보냈다. 그런 날들의 경험 때문인지 매번 내 마음이 우울할 때마다 그런 심경에서 벗어날 수 있게 한 것은 나 자신이 가장 귀중하게 여기는 그 책들이었다.

그 책들은 내게 위로를 주었을 뿐만 아니라 나를 문학의 길로 걸어가도록 인도하였다. 인류 사회의 복잡함과 사람의 선과 악은 학창 시절 선생님이 우리에게 알려준 것과 달랐다. 그렇게 간단하면서도 표면화된 사회 윤리와 도덕이 아니었다.

이후의 생활 속에서 독서는 대학에서 일하는 기간 동안, '현대 예술 인식방법'이란 선택 과목을 열기 위해 여름 방학 동안 집중적으로 백 권에 달하는 전공 문예이론 서적을 읽어본 적이 있다. 그 외는 모두 아주 산만한 책읽기였다.

세상에는 많은 문화 쓰레기가 있다. 그것들은 사람들의 영혼을 뒤덮으며 우리의 생명에서 빛을 뽑을 수 없도록 만들었다. 인간 세상의 평범한 과일을 먹은 손오공이 막 세상에 나왔을 때 두 눈 속에서 하늘을 꿰뚫는 빛줄기가 사라진 것과 같다. 우리의 현실 생활 속에는 아주 많은 사람들이 이것 때문에 암담해지며 생명의 창조력마저 잃어버리는 듯하다.

　우리는 책 한 권에서 생명의 가장 근원적인 것을 찾고, 그 안내에 따라 다른 몇 권 책을 연이어 읽어나간다. 우리의 생명도 그것을 따라 찬란해질 것이다.

사소 겐이치

佐相憲一

1968년 일본 가나가와현 요코하마시에서 태어났다. 월간지《시인회의》상임운영위원,《콜색》공동편집인,《생명의 바구니》동인이다. 시집『사랑, 점박이물범의 시』,『심장의 별』,『시대의 부두』, 시론집『발라드의 시간—이 세상에는 시가 있다』등이 있다. 간사이시인협회 운영위원, 규죠회 시인의 모임 사무국장 겸 총무이다. 현재 출판사에서 편집자로 일하고 있다.

변신

눈을 뜨자 벌레로 변신해 있었다

그런 소설이 있지만

눈 뜨지 않은 사이에 부풀어 올라

파열되어도 눈치채지 못하는 현실도 있다

야뇨夜尿를 한 유아의 이불 지도는

어디까지나 꿈의 향기가 나지만

인식기관에서 나는 역사의 고름을 냄새 맡으면

반세기 이상 이전의 피 냄새에 졸도한다

썩기까지 속임을 당한 가지가지

저질러놓은 일을 속이는

찐득찐득한 고름

야뇨를 한 유아의 붉어진 얼굴과는 아주 다른

의기양양한 얼굴

결국은 정당화하는 홍조 띤 얼굴이다

공항에는 영어 이외에 중요한 3개 국어가 울려 퍼지고

조심하라는 말을 되풀이한다

관원官員의 눈은 빛나고

이 녀석은 어디 사람, 저 녀석은 어디 사람

사소 겐이치

정신을 차리고 있어도 만국기는 짓밟히고
관광객 수도 떨어진다
먼 상공에서 되풀이되는 도발 행위
아랫것들의 교류도 안개 속
언제쯤이면 방해받지 않게 될까
7백만 년 전의 도래인渡來人

낫토納豆와 김치와 만두를 먹으며
나는 조그만 추억을 반추한다
학창 시절, 요코하마의 중국인 거리에서 일한
대륙인, 홍콩인, 타이완인
함께 일하는 중국인은 친절했다
파리에서도 베를린에서도 중화요리점에 들어갔다
사회인이 되어, 가와사키에서, 교토에서, 오사카에서
재일 한국인과 교류했다
고통스런 역사를 알고 한국 각지를 여행했다
서울, 수원, 강화도, 부산, 경주
식당의 아주머니는 참으로 친절하게 대해주었다

기원전부터 현재까지

왕래해온 3개 지역 사람들

기도의 장場에서 삶의 장까지

뿌리의 공통성과 갈라져나간 가지의 독자성

재미 있지 않은가,

영원한 도래인

류큐流球인이나 아이누인도 있고

일본 문화의 근원은 애니미즘이었다

지구 자연 안에서 인간은 살아간다

해의 신, 달의 신, 물의 신, 숲의 신, 산의 신, 바다의 신

동식물의 신들에게 행복을 빌면서

바람을 느끼며 살아간다

중국의 신선 사상에도 통하리라

한국의 토착 문화에도 통하리라

그러면서도 독자적인 일본 문화

어느 샌가

일본은,

르벤日本*은,

70   사소 겐이치

아시아 멸시의 호전적 배타사상의 대명사

헤이트 스피치hate speech와 역사 왜곡의 대명사

내가 원하는 일본이 아니다

잘 가라, 낡은 머리들

태양계 제3혹성 위

국적의 저편 시의 숲으로

돌아가자

눈을 뜨면

가까스로

인간이 되어 있는 것 같다

* 일본(日本)의 중국어 발음—역자주.

지구신사地球神社로부터의 경고

야스쿠니靖國여

신사神社라는 이름을 쓰지 말아요

당신들은 신도神道가 아니다

우주에 대한 전율을 망각한

근대적인 전쟁추진기관이다

8백만 신들도 화를 낸다

바다 저편으로 살인을 위해 끌어내어 전사戰死시키고

정치에 휘말려 대동아 어쩌고 큰 허풍을 쳐서

영령 운운하며

신사 모독도 정도가 심하다

신사 주무 관청이여

평화를 사랑하는 분들만 모여 있을 테니

시민들의 기특한 기도를 지키세요

어느 정당의 후원회가 아니니까

게시판에 일장기 예찬 포스터 따위 걸지 마세요

헌법에는 정교 분리가 있으니까요

지구촌 어떤 종교의 신자가 참배하러 와도 좋을 것,

대범하게 모두의 행복을 원하는 게 신도니까

사소 겐이치

우주만물을 신으로 느끼는 생명의 우군友軍이 신사니까

인간은 평등하니까

일본을 더없이 사랑하는 사람이라면

집단적 자위권 따위 들먹이며

일본을 위험에 처하게 하지는 않지

원시 신도로부터의 생물 공존을 알고 있을 테니까 말이오

이곳은 지구신사

숲의 파도 소리

선명한 도리이鳥居*

깨끗한 세숫물

열심히 합장하는 사람들

그리고 회전하는 시대의 경내에서

인간의 웃음 띤 얼굴을 기도하는 곳이다

* 신사 입구에 세운 두 기둥의 문―역자 주.

꿈의 제3혹성

한 번은 가보고 싶은 그 별이다

태양과 달을 양쪽 모두 사랑하는 음양의 균형 감각

물과 산소가 풍부하게 있어서

멋진 생물을 만날 수 있는 듯하다

가장 번영하고 있는 것이 곤충이라고 하는 마이크로의 예술

나비, 잠자리, 메뚜기, 풍이, 벌, 사슴벌레

뛰어오르는 희망의 상징이다

더욱 놀라운 것이 식물인 녹색의 만화경

비 갠 후의 무지개라는 현상 등도 놓칠 수 없다

금성과 화성 가까이 있는 듯한데

별로 크지는 않고 토성의 십 분의 일 정도

표면의 7할을 점하는 바다에는

바다표범, 돌고래, 고래, 강치, 바다사자

물고기들이 무수히 헤엄치고 있는 듯하다

육지에는

개구리, 도마뱀, 뱀

사슴, 여우, 너구리, 토끼, 코끼리, 고양이

그리고 새라고 하는 실로 이상한 존재들

나무 위에서 지저귀고 있는가 하고 생각하면 너른 창공을 날고

사소 겐이치

우주 속에 있음을 체현하고 있다
솔개, 백로, 까마귀, 제주직박구리, 찌르레기, 올빼미

그것뿐만이 아니다,
해야 하나
말하지 말아야 하나
말하지 않을 수는 없으리라

실은 원숭이라는 종류의 생물이 있어
그중 한 종류 이외에는 문제가 없으나
그 한 종류라는 게 애물단지다

인간

이에 대해서는 어떻게 전해야 하나
플러스와 마이너스의 평가가 아직 어려워서
한마디만 해두자
'조심하시게!'

꿈의 혹성

신비하게 태어나, 지금도 존재하는, 풍성한 별이다

사소 겐이치

동아시아의 눈동자

어디서 온 사람인가, 라는 질문을 받으면 나는 '태양계 제3혹성인'이라고 대답한다. 다양하고 매력적인 세계 각지의 문화 가운데 동아시아의 눈동자에서는 역사의 눈물이 그치지 않았다.

한국은 몇 번이나 여행을 다녔고, 요코하마의 중국인 거리에서 중국인들과 함께 일한 적도 있다. 중국 문화, 한국 문화, 일본 문화 그 커다란 평화 우호 교류 안에서 현대의 개개인들 사이에는 마음의 송수신이 있을 것이다.

지구 자연과 세계 문명을 시야에 담고, 지금 이 동아시아에서 시의 바람이 불게 하는 것은 멋진 일이다. 인간의 가장 깊은 곳의 소중한 목소리를 시라고 한다면, 비참함이 끊이지 않는 살벌한 이 시대에 시의 마음이야말로 절실히 요구되는 것이다. 개체와 무리가 교차하는 곳에 태어나는 사유의 강한 힘은, 바로 '몬순'에서 비롯되는 것일지도 모르겠다.

바다를 낀 세 개의 땅에 사는 사람들이 시의 마음으로 불러일으키는 화학 반응에 기대를 건다. 정치가나 기업가와는 전혀 다른 방법으로 우리는 벽을 넘고자 한다. 아니 애당초 동아시아에 벽따위는 없었던 거다. 예로부터 사람과 자연이 깊게 연결되어 서로 영향을 주고받으면서 독자적인 발전을 해온 풍토 하에서, 개개의 예술가 역시 실은 교류에 대한 욕구를 절실히 느껴왔을 것이다.

모든 외적 장애물을 배제하고 우리는 시의 마음으로 이어질 것이다. 한국·중국·일본뿐만 아니라 아시아 전체로서도 그렇게 될 것이다. 이 책이 그러한 흐름의 하나가 되면 좋겠다.

사소 겐이치

선웨이

沈 葦

1965년 중국 저장성 후저우에서 태어나 저장사범대학 중문과를 졸업했다. 1995년 첫 번째 시집『순간에 머무르며』펴내며 제1회 루쉰문학상을 수상했다. 시집『나의 흙먼지, 나의 길』,『선웨이의 시』,『선웨이 시선』, 산문집『신장 사전』,『식물 이야기』등이 있다. 류리안시가상, 로우강시가상 등을 수상했다. 현재 신장《서부》문학잡지사 편집장이자 중국작가협회 시가창작위원회 위원으로 있다.

대화

— 그대는 어디에서 왔는가?

"나는 남방 사람이 아니며
서북 사람도 아니며
이때 이 순간 우무무치 사람이다."

— 그대는 무슨 슬픔이 있는가?

"나는 자신의 슬픔은 없고
역사의 슬픔도 없으며
내버려진 도시의 슬픔만 있을 뿐이다."

— 그대는 무엇을 말하고 싶은가?

"유형의 벽은 두려워하지 말아야 하는데,
밀 수 있고, 돌진할 수 있고, 해체할 수 있고, 폭파시킬 수 있다.
무형의 벽은 올라갈수록 높아진다……"

— 그대는 어느 쪽에 서 있는가?

"나는 이쪽에 서 있지도 않고

저쪽에 서 있지도 않고

죽은 자 쪽에 서 있을 뿐이다."

선웨이

고향을 계속 찬미하는 것은 죄인이다

저수지는 마르고
물길 속의 어류들도 죽었다
길에는 왕뱀이 논을 지나간 듯
염색공장, 축전지차, 화학공장이
대문 입구까지 어지럽게 이사 왔다

읍사무소권으로 우리의 땅이 들어가고
한 무畝에 2만 위안, 가격 흥정도 허락되지 않았다
돌아서니, 한 무에 12만 위안
각지에서 온 오염기업에게 팔며
경제가 쾌속차를 탔다
식탁에는 먹을 것들이 많아지고
이른바 발전이란
우리의 뿌리를 뽑아버렸고
사람들을 얼마나 더 빨리 죽게 만들었는지—
숙모는 교통사고로 죽고
고모부는 폐암으로 죽고
어린 시절 좋은 친구는 백혈병으로 죽고
가장 어린 사촌 여동생은 붉은 반점 낭창狼瘡을 얻었다

고향을 계속 찬미하는 것은 죄인이다

하지만 나는 언제나 무엇인가를 찬미하겠지

이제 찬미할 것은

집에 겨우 남은 나무 세 그루뿐

멀구슬나무

감탕나무

녹나무

머리를 풀어 헤친 세 생존자

나와 머리를 감싸고 통곡하는 세 병자!

가자지하터널加沙地道

우리는 사탕, 사발면, 약품,

의복, 컴퓨터, 핸드폰, 세탁비누

시멘트, 철근, 연유, 소형차

돌, 총알, AK-24 소총을 몰래 옮기는데……

이 모든 것은 하나의 말을 기르기 위한 것: 원한

우리는 또 다른 라바, 이집트의 라바에서

신부, 기녀, 독약품을 몰래 운반해오며

젊은이는 흥겹게 춤을 추며 노래 부르며, 밤새도록 즐거워한다

"Insa, Insa……그것이 바로 생활이구나!"

우리는 몰래 사자 한 마리, 코브라뱀 한 마리를 운반하며

가자동물원에 간다. 가는 도중에 깨어난 사자는

우울하고 작고 마른 동료를 먹어버린다

지중해는 삼 해리의 더러운 해안가를 남기고

드넓게 쪽빛 햇빛 가득 내리쬐는 곳에

우리는 가자지하터널을 통해 몰래 운반한다……

세 편의 시에 대한 군더더기 말

「대화」: 『진혼곡』 40여 편 중에서 「대화」가 가장 널리 알려진 작품이다. 최근 몇 년간, 신장에서 폭발 사건이 일어날 때마다 많은 인터넷 친구들이 웨이보微博나 웨이신微信 등 SNS 매체를 통해 그것을 전파했다. 이 인터넷 친구들은 내 시의 숨은 독자였다. 시란 무엇인가? 시는 "망령을 위해 연주하는 것"이며, 세상에 대한 관심이다. 시는 대화이며, 원한을 푸는 일종의 힘이며, 종족의 사랑을 초월한 인류의 사랑이다. 이것이 「대화」에서 표현하고자 한 것이며, 각 민족에게 전달해주고 싶은 메시지였다. 마지막 구절 "나는 이쪽에 서 있지도 않고/저쪽에 서 있지도 않고/죽은 자 쪽에 서 있을 뿐이다."는 많은 사람들의 공감을 불러일으켰다.

「고향을 계속 찬미하는 것은 죄인이다」: 고향은 한 사람이 되돌아갈 수 있는 기원이다. 옛사람들은 어려서 집을 떠났다가 어른이 되어 돌아오면 "풍경은 그대로인데 사람은 옛사람이 아니네"라는 말을 했다. 사실 고향은 커다란 위로이다. 그러나 오늘날 우리의 '귀향'은 아주 어렵게 변했고 심지어 그런 말을 사용하기가 불가능해졌다. 지금 시대처럼 '고향'이란 말이 그렇게 처참하게 부서진 시대는 없었다. 그것의 '떠돌이'를 아주 멀리 잔인하게 내던져버렸다. 떠돌이들은 꿈, 고통, 죽음 속에서 고향으로 돌아올 수밖에 없었다. 이 시는 '저주'에 가까운 듯하나, 실은 '기도'이다. 생태의 재난과 '시대의 독'을 직면하고 있는데 시와 시인은 어떠한가? 설마 탄식만 하고 있는 것인가?

「가자지하터널」: 잡지 《화하지리》에서 미국인 제임스 베리니의 「가자지하터널」이란 글을 읽었다. 가자지하터널의 상황은 보기만 해도 몸서리칠 정도로 사람을 걱정스럽게 하고 불편하게 만든다. 나는 아주 빠르게 이 시를 썼다. 가자지하터널의 상황은 나로 하여금 17세기 영국 시인 존 던의 시 구절이 생각나게 한다. "누구를 위해 조종弔鐘이 울리는가를 묻지 말기를, 그것은 당신과 나를 위해 울린다." 세상이 갈수록 예루살렘화 되어간다고 느끼는 사람이 있을 테지만, 한편으로 세상은 점차 가자화·팔레스타인화 되어가고 있다. 가자는 먼 곳에 있는 것이 아니며 우리와 무관하지도 않다. 그것은 생활하고 사고하며 걱정하고 있는 모든 인간의 운명의 일부분이다.

스즈키 히사오

鈴木比佐雄

1954년 일본 도쿄에서 태어났다. 1987년 시 잡지 《콜색》을 창간하여 현재 80호까지 발행했으며, 시와 시론을 계속 써왔다. 시집 『나무딸기』, 『날의 흔적』, 『스즈키 히사오 시선집 133편』, 시론집 『시의 원고향에』, 『시가 쏟아져 내리는 장소』, 『시인의 심층 탐구』 등이 있다. 2006년 콜색사를 출판사로 전환하여 다수의 도서를 출판했으며, 현재 일본현대시인회 국제교류 담당 이사, 일본펜클럽 회원이다.

몬순의 신령한 물

1

1월의 이른 아침, 북서풍이 등을 때린다
흑토의 밭에 남은 빗물은, 얼어붙어 있다
붉은빛 아침 해가, 얼음 표면에 퍼지고
반사광이, 전신을 관통해갔다
추위와 온난함이 앞뒤에서 엄습하여
나는 가까운 '가시와 후루사토 공원'에 빠른 걸음으로 향한다
두 그루의 녹나무 영목霊木을 보기 위해
햇살이 머문 들에는, 냉이랑 광대나물의 들풀이 피기 시작하고
서릿발 사이에서 봄을 빚기 시작하고 있다
들새의 울음소리가 유리체 공간에 울려 퍼진다

2

고향인 후쿠시마의 북서풍을 타고
도쿄전력 후쿠시마 제1원자력발전소 사고의 세슘은
200킬로미터 떨어진 이 공원에도
비와 함께 쏟아져 내려 대지에 스며들고
하천에 모인 세슘은
공원 내의 데가누마 늪에 흘러들어갔다

스즈키 히사오

1만 베크렐이나 되는 세슘이 강바닥에 고여

오리와 백로, 백조 등 물새들은

방사능 오염수 속에서 새끼를 기르고 있다

이른 아침 낚시꾼들은 먹을 수 없는 물고기에 낚싯줄을 드리우
고 있다

원전 사고를 잊어버린 듯이

3

고형렬 시인과 한국의 시인들이여

린망 시인과 중국의 시인들이여

대체 몬순은 어디에서부터 불어오는 것인지

그대들 나라의 영목과 신령한 물에 대해 들려주세요

동아시아의 이웃 나라인 한국·중국·일본

불교 정신을 공유하는 사람들은, 나무나 물에 영적인 힘을 느끼
고 있었다

우리들의 육체는 몬순의 신령한 물로 이루어져 있다

한국의 국화인 무궁화에 쏟아져 내리고

중국의 국화인 모란에 쏟아져 내리며

일본의 국화인 벚꽃에 쏟아져 내리는

4

　일찍이 일본 정부는 미나마타만에 유기수은有機水銀을 흘려 보내는 기업을 옹호했다

　맨 처음 어항漁港에 떨어져 있던 생선을 먹은 고양이가 미쳐서 죽었다

　다음으로 미나마타의 1,200명 이상이 신경에 질환이 생겨

　인간의 존엄을 파괴당한 채 죽어갔다

　지금도 수만 명의 환자들은 계속 고통 속에 있다

　그러한 인간에 대한 모독은 원전 사고에서도 되풀이 되었다

　15만 명이나 되는 사람들은

　고향을 쫓겨나 귀환의 전망도 서지 않은 상태로

　피난민들 가운데는 자살하거나 병이 악화되어 목숨을 잃는 사람도 있다

　멜트다운meltdown된 원전은 방사성 물질을 발사하여 하늘과 땅과 인간을 오염시켰다

　30킬로미터나 떨어진 이다테촌에는 최악의 몬순이 밀려와

　고농도의 방사성 물질이 쏟아져 내렸지만 마을 사람들에게는 나중에 알려져서

　남겨진 소들도, 우사牛舍의 기둥을 갉으면서 굶어 죽어갔다

　　　　　　　　　　　　　　　　　　스즈키 히사오

원전만 없었더라면 이런 비극은 일어나지 않았다

그럼에도 재가동시키려는 세력은 지구의 미래 시간을 훔치는
도둑이다

5

1945년 8월 6일·9일, 히로시마와 나가사키에 원폭 투하

1954년 비키니 환초環礁의 수폭 실험

미국 정부는 잠수함용 소형 원자로를 발전용 원전으로 전용하고
평화적 이용을 일본에 권한다

1971년 도쿄전력 후쿠시마 제1원전 가동

1979년 스리마일 섬 원전 사고(미국)

1986년 체르노빌 원전 사고(현 우크라이나)

1999년 도카이무라 JCO 임계 사고(20Sv를 쐬어 2명 사망)

2011년 3월 11일 도쿄전력 후쿠시마 제1원전 사고

스리마일 섬 원전 사고 이래

10년에 한 번은 대형 원전 사고가 발생하고 있다

202×년 한국·중국 등 아시아에서 원전 사고가 발생할 것이다

일본도 재가동한다면 지진의 나라이므로 특히 위험하다

원전 주변 수백 킬로미터의 자연과 마을과 공동체가 파괴될 것

이다

　한국과 중국은 국토가 오염되어, 사랑하는 고향을 상실할 우려
가 있다

　그 가능성을 완전히 없애기 위해서는 원전을 중단해야 한다

　핵연료의 쓰레기와 오염수는 대체 어디에 버리는 걸까

　6

　고형렬 시인과 한국의 시인들이여

　린망 시인과 중국의 시인들이여

　대체 몬순은 어디서 불어오나요

　절대로 몬순에 방사성 물질을 실어 보내서는 안 된다

　몬순은 언제나 신령한 물을 나르게 해야 한다

　핵실험을 반복하는 나라들로 인해 지구는 계속 오염되고 있다

　핵무기도 원전도 인류와 공존할 수 없다

　어떻게 하면 핵무기와 원전을 폐기할 수 있을까

　전기의 발전發電에는 자연 에너지를 이용하는 다양한 방법이 있다

　왜 원자핵에 중성자를 관통시키는 핵분열을 고집하는가

　도시를 한순간에 파괴하는 힘을 정치가와 군인들이 원하고 있
을 뿐이다

타국을 파괴하는 마약 같은 권력을 포기시키는 방법은 없을까

7

한국과 중국의 시인들과 서울이나 베이징의 변두리 술집에서
얘기하고 싶다

또한 내가 희구하는 고향과 타향의 근저에 펼쳐지는 '원고향原故鄕'
이라고 하는

아시아의 지평에 어떤 정신성이 바람직한가를 물어보고 싶다

무궁화와 모란과 벚꽃이 동시에 피는 도원향桃源鄕인 '원고향'을
상기하고

시간이 가는 것도 잊고 시의 본질을 얘기하는 거다

일본인이라면 마쓰오 바쇼˚가 말하는 '본정本情'이라고 얘기하고
싶으리라

그것은 고유의 존재자에 내재하며, 주객합일主客合一의 심층에
가로놓여 있다

고형렬 시인이라면 불교의 '공空'이나 장자의 '무한無限'이라 말
할까

˚ 마쓰오 바쇼(松尾芭蕉): 일본의 유명한 하이쿠 시인─역자 주.

린망 시인, 중국 시인들은 어떻게 말할까
아시아의 심층에는 '원고향'이 있고
그 창공에는 몬순이 불고 있으며 때로 바람은 반전한다

8

히로시마와 나가사키 이외에 두 번 다시 핵무기가 사용돼서는
안 된다
그 날, 폭심지爆心地로부터 수백 미터에서 2킬로미터 사이에
민가의 철거 작업을 위해 동원된 학생들 수천 명이
머리와 얼굴 피부가 순식간에 벗겨지고 살갗은 불에 타
물을 찾으며 죽어가면서도 내달려 강물로 쏟아져 들어갔다
그런 지옥 풍경을 두 번 다시 인류가 재현해서는 안 된다

원전 사고가 한창일 때 가장 중요한 오염 정보는 알려지지 않았다
피난한 장소의 방사능 수치가 더 높았던 사람들도 있었다
그때 4기의 원전을 제어할 수 있는 사람은 아무도 없었다
내가 사는 동네에 쏟아진 세슘의 선량線量도 나중에 알려졌다
핵무기와 원전 따위의 파괴 무기가 폐기되는 세상을 꿈꾸는 것이
아시아라는 '원고향'을 만들어내는 원점이 되리라

스즈키 히사오

9

고형렬 시인을 비롯한 한국 시인들이여

린망 시인을 비롯한 중국 시인들이여

대체 몬순은 어디에서 불어오나요

1971년에 가동한 후쿠시마 원전의 위험성을 지적해온

미나미소마시의 와카마츠 쇼타로 시인은 나중에 체르노빌을
시찰하고

자신이 사는 25킬로미터 권내가 어찌 될 것인지를

1993년에 시 「행방불명된 마을」에서 예언적으로 말하고 있었다

와카마츠 시인 외에 다른 일본 시인들도 경고를 하고 있었고

나도 2002년에 발표한 「쉬라우드로부터의 편지」에서 기록했다

「도호쿠가 체르노빌처럼 파괴될 날이 반드시 온다」고

자연을 지배할 수 있다고 우쭐거린 인류에게는

아직도 비극이 부족한 것일까

10

몬순이여

동해(일본해), 독도(죽도), 센카쿠열도(다오위다이)의 경계를 가볍
게 넘자

그곳은 강치와 신천옹 등 야생 동식물의 낙원이다

섬을 쟁탈하는 인간이여, 몬순의 신령한 물과 섬의 신령한 나무
들을 더럽히지 말라

몬순의 생명 근원과 바싹 다가갈 수 있을까

고형렬 시인과 린망 시인의 두 손이

하늘에서 쏟아져 내려 용수湧水가 된 신령한 물을

지금 퍼 올리려 하고 있으므로

스즈키 히사오

'아시아'라고 하는 관점을 내재화하기 위해

시적 정신을 가지면 다양한 장애물을 헤치고 국경을 가볍게 넘어갈 수 있으리라. 한국의 고형렬 시인과는 1999년 도쿄에서 처음으로 만났다. 그 후부터 필자가 발행하는 시 잡지 《콜색coal-sack》에 고 시인의 장시 「리틀 보이」를 7년간 연재하고 2006년에 시집으로 출간하였다. 그 후에도 《콜색》을 통해 고 시인의 시를 소개하여 2010년에 『아시아 시행詩行』, 2014년에 『유리체를 관통하다』를 출간하였다. 지난해는 일본현대시인회에서 고 시인과 권택명 시인 두 분을 초청하여 '21세기 아시아에서 시인의 역할'이라는 주제로 강연을 듣고, 두 분이 참여하는 좌담회도 가졌다. 이와 같이 필자는 고 시인과 함께 '아시아'라고 하는 관점을 최근 15년간이나 지속해올 수가 있었던 점에 대해 매우 감사한 마음을 가지고 있다.

시의 여신 앞에서 시인들은 본원적인 시의 존재를 계속 질문하고 있다. 이번에 고 시인의 주창으로 한국·중국·일본의 15명 시인으로 구성된 『몬순』에 참여할 수 있게 된 것은 매우 영광스러운 일이다. 필자는 시뿐만 아니라 시 평론과 시 관련 서적의 출판에도 몸담아왔는데, 이번에는 한 사람의 시인으로서 현재 아시아의 생생한 현실을 직시한 시를 쓰려 하고 있다.

수년 전에 고엽제 피해 실태조사를 위해 베트남에 가서 피해자

청년을 만난 적이 있다. 농촌 지역에서 태어난 그는 상류의 산간 지역에 살포된 고엽제의 피해를 입어 하반신에 장애를 입은 상태였다. 걸을 때마다 허리가 꺾이는 듯한 걸음걸이였다. 양친이 작고한 뒤에는, 누나가 벼농사를 지어 그를 부양하고 있었다. 하지만 그는 미싱 봉제 직공이 되어 주문 받은 셔츠를 제작하고 있다. 우리가 지원한 약간의 자금을 발판으로 2층짜리 조그만 집을 지을 수 있게 되었다. 돈이 모자라서 아직 문을 달지 못한 상태였지만, 그의 표정은 희망에 차 있었다. 몬순에 의해 우기雨期가 되어 1층까지 물이 차 올라와도, 새 집은 2층으로 피할 수가 있기 때문이다. 전쟁의 불합리한 피해로 고통을 당하면서도 열심히 살고 있는 베트남 청년의 얼굴에, 우리는 아시아 민중에 대한 희망을 느꼈다. '몬순'은 그러한 아시아의 역사를 함께 짊어지면서도, 희망을 내재한 시적 세계를 함께 창조해가기를 기대한다.

스즈키 히사오

시바타 산키치

柴田三吉

1952년 일본 도쿄에서 태어났다. 1977년 시 잡지 《시인회의》를 통해 작품 활동을 시작했다. 시집으로 『나를 조율한다』, 『비非, 또는』 『각도』 등이 있으며, 소설집 『시바타 산키치 소설집 I, II』가 있다. 츠보이시게지상, 일본시인클럽 신인상, 지큐상 등을 수상했다.

손바닥의 사과
— 원전原電 시편 · 2011~2014

나는 알았다
비를 맞으며 돌아와
수도꼭지를 틀어 물을 마셨을 때
그걸 안 것이다
도망칠 장소는, 이미
어디에도 없다는 걸

그것은 끝없이 뒤쫓아온다
마음속, 소중하게 간직해둔 기쁨에까지
똑바로 침투해올 것이다
빛나는 비, 푸르고 흰 바람
눈에 보이는, 투명한
물질이 되어

(— 옛날 옛날, 손바닥에 썩은 사과를 올려놓고 살아가는 사람
들이 있었습니다. 사과 속에는, 매우 뜨거운 불의 씨앗이 꽉 차 있
었습니다. 씨앗은 엷은 금속 표피를 질척질척 녹여가는데도, 어른
들은 피부가 타는 것도 개의치 않고, 계속 움켜쥐고 있었습니다.)

그런 얘기를, 어느 날엔가
작은 식탁에서 얘기를 꺼내는 아이들
그곳에 나는 없을 것이다
하지만, 아이들의 손바닥에는
하나씩 나눠 받은
무거운 과일이

깊은 밤, 나는 부엌에 서서
수도꼭지를 틀어, 목구멍을 열고 물을 마신다
마음을 적시고, 슬픔을 적시고
한 잔의 물을 쭉 들이켠다
한 잔의 물을 비운다
컵 한 잔만큼의 오염을, 이 세상에서
닦아내듯이

시바타 산키치

나의 마트료시카*

― 원전原電 시편 · 2011 ~ 2014

파란 앞치마, 동그랗고 귀여운 눈동자의, 천진난만한 인형 속에, 노란 앞치마를 두른 인형이 들어 있다. 그 인형 속에는, 다시 작은, 붉은 앞치마를 두른 인형이 들어 있다. 계속 계속 열어가면 이윽고 콩알보다 작게 돼버린다고 하는데, 마지막 인형만은, 아무도 본 적이 없다. 그 누구의 눈에도 보이지 않는다.

복부 가득 안쪽에 웅크리고, 모든 인형을 조종하며, 우리에게 풀리지 않는 미소를 계속 던지는 여자아이. 그것이 납 앞치마를 두른 마트료시카. 어머니 배 속의 난자보다 더 작은 아이는, 생명이 아님에도 생명인 척하고, 두 개로 갈라지고 네 개로 갈라지며 무한으로 갈라져서, 예쁜 앞치마를 두른 언니들을 죽이면서 튀어 나온다.

분망奔忙하여 말을 듣지 않는, 제멋대로인 여자아이는, 뿔뿔이 흩어져서 들과 산을 달리지만, 누가 너를 잡아, 관棺 속에 수습할 것인가. 아니면, 이 세계야말로 너의 관이라고 생각하는 건가. 이 세계조차 여전히, 너는 너무 작다고 말할까. 천진난만한 웃는 얼

---

* 마트료시카: 러시아의 목제 민속 인형. 인형 안에 작은 인형이 들어 있는 겹겹의 형태로 되어 있다. '마트료 시카'는 원자로(原子爐)의 비유이다―역자주.

굴 밑에 파묻힌 여자아이. 언젠가, 나를 끌어안으러 올, 꼬마 마트
료시카.

시바타 산키치

소멸

― 원전原電 시편 · 2011∼2014

신으려고 한 것인가
벗어버린 것인가
현관에 나뒹굴어진 채 있는
사내아이의 운동화

무성한 손가락, 집을 끌어안는 뜰
텅 빈 새장
비스킷 깡통의, 고양이 먹이
벽에 걸린 웨딩 드레스
바닥에 떨어진 잉크병
우체통에 투함되지 않은 편지

기쁨의 도중
슬픔의 도중
온갖 사연들만
세상의 한구석에 남겨지고

20킬로미터권에서 10킬로미터권으로, 국도 6호선을 곧장 달
린다. 거대한 중력에 끌어당겨져서, 오로지 구역의 중심으로 향

한다. 여기저기 점막이 따끔따끔 아프기 시작한다. 앞으로 수 킬로미터 남은 곳에서 돌연 통제선*이 진로를 방해하고, 6호선은 소멸. 점멸하는 붉은 등. 손을 들고 앞을 막아서는 사내들의 고통스런 표정.

배후에 육박하는 저녁놀의 숲

사람들 몰래 녹슬어가는 선로

가는 사람도 오는 사람도 없는 역

길을 잃고 소멸한 땅

차단기 저쪽의 단애斷崖

지도를 펼치고

운동화 밑창을 귀로 만든다

고장 난 시계 같은 심장의 고동소리

화장火葬할 수 없는 관들의

조용한 헐떡임

---

* 후쿠시마 원전 폭발 사고 이후 방사능 오염지구에 대한 출입 통제선—역자주.

시바타 산키치

지면地面
— 원전原電 시편 · 2011~2014

깎으면 괜찮아요. 그렇게 말하면서 지면을 긁어내는 겁니다. 그래도 안 된다면 파요. 선 채로 말라버린 낙엽이 긁어모아지고, 이끼 낀 지붕이 벗겨지고, 마을의 교차로가 파헤쳐지고, 깨어진 묘석墓石, 모든 뼈, 드디어 흙으로 돌아갈 수 있다고 생각하고 있었던, 조상님들의 영혼까지 자루에 채워 넣어진 거예요.

억지로 밀어 넣어져서, 부풀어 오른 자루의 산. 뒤죽박죽이 된 기억은, 본가本家의 할아버지가 역사라고 부른 걸까요. 하지만 둘 장소가 없어요. 없어진 지면에 역사를 둘 장소는 없습니다. 공허한 풍경과 마주친 젊은이는, 내 지면을 돌려줘요, 하고 이마를 쳐들고 중얼거렸습니다.

그러자 그 사람들이 와서, 지면을 이쪽으로 던지는 겁니다. 자 돌려줍니다. 당신의 소중한 것 모두 남김없이 통틀어서. 어느 샌가, 무수한 자루에서 섬들이 만들어지고, 저 사람들은, 보세요, 당신이 안주할 땅이 돌아왔지요? 따뜻한 기억 위에서 사세요, 하고 말하는 겁니다.

희미하게 빛을 내는 섬은, 밤이 되면, 지구 바깥에서도 보이는 거였어요. 열도列島의, 요추 언저리에 찔린, 빛나는 곤충 모양의 핀. 젊은이는 그 한복판에 우물을 파고, 괭이질을 하여, 논을 만들고, 밭을 만들고, 소와 닭을 사육하기 시작했습니다. 다만 혼자. 단 한 사람의 창세기.

이윽고 발열한 섬은 곪고, 우물은 말라갑니다. 자루 속에서 우화한 것인지, 새하얀 나비가 춤추고 있습니다. 내려설 지면이 없는 것이, 눈처럼 허공에서 춤추고 있습니다.

시바타 산키치

공동성을 찾는 여행

분자생물학의 유전자 조사에 따르면, 현생 인류는 아프리카에서 기원하며 그로부터 둘로 갈라져서 세계로 확산되어갔다고 한다. 하나는 유럽으로 북상하는 루트, 또 하나는 동쪽 아시아로 향하는 루트다.

약 2만 년 전, 중국 동북부에 정주하고 있던 그룹이 한반도와 일본열도로 이동하였다. 그 후 일본에는 중국 남부에서 다른 그룹의 이동이 있었고, 그들에 의해 쌀농사가 전래되었다. 또한 동남아시아의 해상 루트로 타이완을 경유하여 북상한 사람들도 있었다. 이처럼 아시아 전역은 서로 가까운 조상을 공유하고 있다. 한 인류학자는 인종이라는 개념은 무효가 되었다고 말한다. 지금 남아 있는 것은 겨우 수천 년 전에 만들어진 각각의 언어나 문화의 차이밖에 없다고 한다.

나는 약 10년 동안 아시아를 집중적으로 여행한 적이 있는데(한국, 타이완, 베트남, 캄보디아, 라오스, 태국), 그곳에서 느낀 것은 농경문화라는 공동성이며, 그에 대한 그리움이었다. 시간적으로 저 깊은 곳에서부터 서로 연결되어 있다는 느낌. 언어의 벽이 있다 하더라도, 언어를 초월한 장소에서 서로 연결될 수 있는 가능성을 느낀 것이다. 그 그리움이야말로 우리가 지금 가장 소중하게 생각해야 할 것이 아니겠는가.

한국의 고형렬 시인에 의해 주창된 3개국을 연결하는 『몬순』의 의미도 거기에 있는 것 같다. 우리는 21세기라는 어려운 시대를 살아가고 있다. 그러나 그 어려움을 타개해가기 위해서라도 한국의 시인들 그리고 중국의 시인들과 함께 역사의 심층부를 공유하며 공동성을 탐구하는 여행을 해가려고 한다.

시바타 산키치

심보선
沈甫宣

1970년 서울에서 태어났다. 서울대학교 사회학과를 나오고 같은 대학원에서 석사를 미국 컬럼비아 대학에서 동양계 비영리 예술단체와 예술운동에 대한 논문으로 박사학위를 받았다. 1994년 조선일보 신춘문예로 등단하여 『슬픔이 없는 십오 초』, 『눈앞에 없는 사람』 등의 시집을 냈다. 예술산문집 『그을린 예술』을 출간했으며, 현재 경희사이버대학교에서 예술경영을 가르치고 있다. 문학과 예술을 통해 만나는 사람들 사이의 모임과 대화와 공동체에 대해 관심을 가지고 연구와 활동을 이어가고 있다. 최근에는 청년 예술가들의 자립적 활동과 공간과 모임에 관심을 가지고 있다.

어떻게 해야 할까요

이 집에선 아무도 태어나지 않았고
아무도 죽지 않았는데
지나치게 많은 선물과 유품이 있네요

창밖에선 목이 흰 불구의 새가
비바람을 맞으며 거꾸로 날고 있어요
그는 나를 보고 울지 않아요

불구도 불구도 아닌 멀쩡한 것
그때 그 새는 왜 나를 보고 울었을까요

결정의 순간들은 다 지나갔어요
주저주저한 저주들이 입속에 가득한데
이게 뭔가요
내 목소리는 너무 점잖은 사람의 것이잖아요

조금만 용기와 의지를 내었다면
나는 다른 사람이 되었겠죠
넘치는 선물과 유품을 내다 파는

큰 가게의 주인이 되었겠죠

오늘 나는 의자 위에 가만히 앉아 있어요
언젠가 천만 개의 직각으로 이루어진
황금빛 새장 속에 영원히
영원히 갇히는 꿈을 꾸면서요

그것이 오늘의 형벌이네요
그것이 오늘의 축복이네요

나는 의자 위에 앉아서 곰곰이 생각해요

이제 어떻게 해야 할까요
이제 어떻게 해야 할까요

심보선

모국어의 저주

나는 소년입니다
당신은 소녀입니까?

천의무봉의 혀
백인의 입술
팔레스타인에도
한반도에도 없는 시

모국어로 노래하라
한 명의 사람에게 한 개의 그늘을
하나의 발 아래 하나의 지옥문을
선사하라

나는 소년입니다
당신은 소녀입니까?

모르는 나라의 말을 말하라
천국에 가고 싶거든

사라지고 싶다고 말하지 마라

사라지고 싶거든

시인 생각

나는 오늘 내게 영감을 주곤 했던 노을빛이

누군가의 자동차와

누군가의 그림자와

누군가의 지붕에 깃드는 것을

무연히 바라보고 있습니다.

노트에 묻은 마지막 지문은 수년 전의 것.

지금 어딘가 나 아닌 다른 사람은

내가 모르는 노을의 비밀을 알아채고

자신의 손가락을 조금씩 움직이기 시작합니다.

나는 그 사람이 부럽습니다.

오늘 밤 그 사람은 시인이지만

나는 그렇지 않습니다.

시는 쓰지 않고 다만

시 쓰는 생각에 젖어 있을 뿐입니다.

그 생각도 그리 오래가지는 않습니다.

나는 오늘 나의 목소리를 따라가지 않습니다.

어떤 그늘에서도
어떤 침묵의 순간에도
어떤 꿈의 영상 속에서도
나는 오늘 외로운 천사의
흐느낌을 따라가지 않습니다.

나는 내 목소리의 죽은 원천을 바라봅니다.
산산이 부서진 말의 씨앗들.
물방울이기도 했고
불꽃이기도 했던 자그마한 장소.
망상에 빼앗긴 소망의 메마른 우물.

나는 기억들을 더듬어봅니다.
사람들과의 입맞춤과 악수와 포옹.
주먹 속에 웅크리고 있지만
주먹을 펼치면 사라지는 새.
모든 얼굴들에 숨어 있는
레몬 씹는 아이의 싱그러운 찡그림.
아아, 그 모든 생명력들을 떠올려봅니다.

심보선

하지만 나는 이제 시인이 아니랍니다.
아주 아주 거대한 무언가가 내 곁을 스쳐지나간다 한들
나는 더 이상 할 말이 없습니다.
최선을 다해 말한다 해도
"아주 아주 거대한 무언가가……"에서 말문이 닫힙니다.

시인의 자리는 어디일까요?
왼편에는 모르는 이들이 있고
오른편에는 사랑하는 이들이 있는 자리.
집중력이 생기는 자리.
고독이 생기는 자리.

시인의 자아란 무엇일까요?
뜨겁고 달콤한 영혼의 입자들이 뭉쳤다 부서지는
창문이 너무 많은 어두운 방.
창문이 하나도 없는 빛나는 방……

내가 시인이었을 때 나는

"이제 고통은 그만! 하지만 행복이여, 내게 다가오지 마라!"
외치면서 시 쓰기를 멈추지 않았습니다.

내가 시인이었을 때 나는
눈앞의 사물을, 그것이 머나먼 목적지가 될 때까지
오랫동안 바라보곤 했습니다.

그러던 어느 날 아침
나는 아주 평범한 사람으로 일어나 기지개를 폈습니다.
그때 어떤 깨달음처럼 나는 더 이상
내가 시인이어야 할 이유가 없다는 생각이 들었습니다.
나는 평소처럼 노모에게 인사를 하고 출근을 했습니다.
그날부터 나는 시인이기를 멈췄습니다.

오늘 밤 나는 시인이 아닙니다.
오늘 밤 집으로 돌아가는 많은 사람들도 시인이 아닙니다.
우리는 시는 쓰지 않고
시 쓰는 생각도 않고
내일의 노동은 얼마나 고될까?

심보선

언제쯤 행복은 나에게 도달할까?
그저 그런 빤한 염려에 젖어 있을 뿐입니다.

하지만 나는 압니다.
오늘 밤 이 세상에 한 사람은 반드시 시인입니다.
오늘 밤 누군가가 시를 쓰고 있다면
그것으로 충분합니다.

그러니 무슨 상관이겠습니까?
내가 시인이건 아니건
내가 월급쟁이이건 아니건
내가 장남이건 아니건
도대체 무슨 상관이겠습니까?

오늘 밤 이 세상에 단 한 명이라도 잠들지 않고
밤새 시를 쓰고 있기만 하다면
그것으로 충분합니다.

오늘 밤 단 한 명이라도 시인이라면!

그 생각만으로 절로 미소를 지으니까요.

그 생각만으로 단잠에 빠지니까요.

그 생각만으로 내일 아침

영영 깨어나지 않을 수 있으니까요.

심보선

감각적이고 자유로운 말의 연대

요새 시 쓰기가 점점 힘들어지는 나날입니다. 시인에게 세계의 비참은 시 쓰기의 원동력이라고 믿어왔는데, 그것은 세계와 나 사이의 거리조절이 가능할 때나 그러하다는 생각이 듭니다. 요새는 거리조절이 잘 안되고 하루하루 우울감과 무기력증에 휘둘리면서 손가락을 움직여 시를 쓰는 힘조차 생기질 않습니다. 그러던 와중에 '몬순'의 동인 결성은 저에게 가까스로 손가락을 움직일 힘을 찾을 수 있는 기회로 찾아왔습니다. 아시아의 다른 시인 친구들은 이 세계의 비참을 어떤 방식으로 견디고 극복하면서 시를 쓸까? 이런 질문이 떠올랐습니다. 마치 말을 걸고 이야기를 하듯 시를 썼습니다. 또 조심스레 귀를 기울이듯 다른 시인 친구들의 시를 기다리고 있습니다. 저에게 아시아는 지역이라는 이름의 추상적인 지각범주 이상이 아니었습니다. 그런데 이제 한 사람 한 사람, 한 시인 한 시인의 말과 시로 표현되는 아시아를 생각하게 됩니다. 말의 연대는 그 어떤 사회적 연대보다도 구체적이고, 감각적이고, 자유롭다고 믿습니다. 미디어가 쏟아내고 강요하는 아시아의 이미지 속에서 시인들이 만들어내는 아시아의 새로운 풍경을 기대하며 그 풍경 속으로 한 걸음을 내디뎌봅니다.

쑤리밍

蘇歷銘

1963년 중국 헤이룽장성 자무쓰시에서 태어나 길림대학을 졸업했다. 일본 츠쿠바대학과 도야마대학에서 거시경제분석을 전공하여 투자은행 등지에서 오랫동안 근무했다. 시집으로『들판의 죽음』,『날아가는 새』,『비련』,『개활지』등이 있고, 산문집으로『세부와 조각』등이 있다.

힐튼호텔 중앙홀에서 차를 마시며

소파에 우아하게 내려앉으며, 따뜻한 등불이 비추는 아래
나와 약속한 사람이 맞은편에 앉기를 기다린다

누가 나와 약속한 것인지는 중요하지 않다, 상도의 규칙만 경청
할 뿐
태연스럽게, 조심하지 않을 때 손을 꺼내며, 그런 후에 이미 정
해진 여행길 위에 동료가 되어 간다
짧은 감동, 헤어질 때 적이 되지 말아야 한다

모르는 사람이 낙엽처럼
그대의 좌우에 휘날려도 그대의 마음속으로 들어가지 못할 것
이다
기억의 서랍 속에 아름다운 이름이 가득 장식되어 있는데
지금, 내 진실한 마음을 서로 비추는 형제로 누가 있을까?

삼류 피아니스트의 흑백 건반은
그리운 옛 노래를 연주하고 있었는데, 격정시대 속의 오래된 얼
굴을 문득 떠올렸다
소년 시절의 몰래 그리워한 사람을 해후하는데

쑤리밍

어떤 마음 울리는 감각도 없고, 심지어 인사말도 없다

이런 시대에, 애정은 단순하게 변했다

산과 바다에 하던 맹세는 옛날의 매력을 잃었고, 침대 단계 후의 이별

홀로 슬퍼할 사람도 없는 게 두렵다

매번 떠나갈 때, 나는 언제나 화장실을 갈 뿐이다

저녁 찻물이 순백의 변기 속에 떨어져 내리며

그런 후에 물이 채워지고, 물소리 속에서 나는 호텔의 홀을 뚫고

나와 무관한 일을, 금빛 화려한 상자 속에 다시 닫는다

유랑하는 참새를 데리고 집에 돌아오다

비가 내릴 때 나는 릿쿄대학 담장 밖에서
쓸쓸하게 떨어지는 큰 거리에서 하늘빛이 점점 어두워지는 것
을 본다

한여름의 습기가 양말에 곰팡이가 끼는데, 전족을 하고
길은 발아래 변질되었다

나를 주목하는 사람은 없었고, 빗속의 타향사람을 이해할 사람
은 없었고
나에게 다음 역전을 묻는 사람도 없었다

참새 몇 마리가 긴 의자 아래 먹이를 찾으며
황혼의 도쿄 이케부쿠로에서, 그들은 흩어지는 돌 같았다

나는 바람이 나뭇잎에 멈추기를 기대하며
눈을 들어 친척도 없는 유랑 속에서, 더 이상 눈물을 보며 잎맥
을 흠뻑 적시고 싶지 않다

세상 변천이 심한 거리에서, 신용카드로 모든 것을 살 수 있듯이

쑤리밍

누가 유랑하는 참새를 볼 수 있는가?

나는 갑자기 참새 몇 마리를 데리고 집으로 돌아오고 싶었으나
약소하지만 도움이 필요 없는 참새, 낙엽에서 살아가는 참새는,
일순간 날아간다

감자 껍질을 깎는다

응달에 놓여 있는 감자를 베란다로 옮겨

나무 걸상 위에 앉아

감자 껍질을 깎는다. 움푹 들어간 상처와 진흙이 휩쓸고 간 반점이

나에게 드디어 깎여가며

손가락은 수성의 녹말로 끈적끈적하며

더욱이 왼손 엄지손가락은

햇빛 아래 하얀 빛줄기가 반짝거린다

잘 깎인 감자는 푸른 골육을 드러내며

공기 속에서 새로운 상처가 갈라 터져 나오며

쉽게 발각되지 않는다. 어떤 통증들은

조심하지 않는 사이에 비극으로 변화되었다

뜨거운 기름에 볶아내는 가운데 빈틈없는 살해계획이 완성된다

감자 껍질을 깎는 시간 속에서

햇빛은 찬란하게 여유 있게

본래는 세 개의 감자를 깎으려 했으나

부지불식간에 바구니 속 감자의 껍질을

전부 깎아버렸다

쑤리밍

조용한 글쓰기

—한 시인이 잃지 말아야 하는 뛰어난 품성

내가 말하는 조용한 글쓰기는, 모든 외부세계와의 연락을 끊고 완전히 세상과 떨어져 닫힌 상태에 처하는 것이 아니라 현세의 잡음과 유혹을 효과적으로 없애고 자신의 느낌과 체험에 충실하여 진실한 영혼의 소리를 표현하는 것을 가리킨다.

조용함은 사람을 적막하게 하며 시인이 현세의 공리성의 유혹으로부터 멀리 떨어지길 요구하며 영혼을 한 시인에게 마땅히 있어야 하는 영혼으로 환원되도록 하는데, 그렇지 않으면 그는 뛰어난 시인이 맡아야 할 사명을 완성할 수 없다. 말하자면 진정한 시인에게 조용함은 필수불가결한 품성이다. 이른바 주목을 끄는 인물이 되면 그것이 곧 자신에게 재난이 될 것이라는 것은 의심의 여지가 없다.

글쓰기는 세상에서 가장 고독한 직업임에 틀림없다. 조난자가 황량한 사막에서 발버둥 치는데 그를 도와줄 사람이 없는 것과 같다. 조난자는 수원水源을 찾아 혼신의 힘을 기울여야 하는데 그는 혼자서 황량한 사막과 대항해야만 하며 그렇게 해야만 비로소 오지에서 벗어날 수 있다. 그것이 시인에게는 생명의 작품을 완성할 수 있는 길인 것이다.

나는 뛰어난 시인은 언제나 교제하고 대화하는 데 열중하는 사람이라고 믿지 않으며, 각종의 사건에 힘을 기울이고 열중하며 말하는 사람은 더욱 아니라고 생각한다. 조용한 상태는 공간적으로 한 모퉁이에 치우쳐 머무는 것을 말하는 것이 아니라, 중요한 것은 자신의 영혼이 조용해질 수 있는 시공에 남아 있어야 하는 것이다. 시인은 최종적으로 텍스트에 기대어 말해야 하는데, 활동과 사건은 어떤 때에는 하나의 익살극일 뿐이며 그것으로 뛰어난 시인을 검증할 수 없다.

조용함은 번거롭고 시끄러운 현실생활 속에서의 또 다른 해탈이다. 정보가 폭발적으로 범람하는 현시대에, '조용함'에 대해 깊이 있는 인지와 이해가 없이 깊은 산과 오래된 숲 속에 숨어 있다면 진정한 의미에서의 조용함도 아니다. 조용함은 일종의 상태인데, 우리에게 충분히 큰 공간과 긴 시간을 줄 수 있으며 생활과 거리를 떼어놓을 수 있다. 자신이 표현하고자 하는 생각을 깊이 관찰하며, 나아가 내심의 진실한 의도를 깊이 있게 해석할 수 있어야 한다. 글쓰기는 최대한도로 자신을 열고 문자를 통해 시인이 생각하는 영혼을 언급하는 것을 의미한다. 이것이 시인이 존재하는 의미이다.

뛰어난 시인의 본질은 외부의 환경에 기대는 것이 아니라 그 자신의 관찰과 사고, 그리고 그의 입장과 시각에 기대야만 한다. 한 걸음 나아가 말하자면, 영혼의 지향, 영혼의 내재적 태도이며, 이

러한 내재적 본성을 혼란하게 해서는 안 되는 것으로 조용함이 필요한 것이다.

양커

楊 克

1957년 중국 광시에서 태어났다. 1985년 첫 번째 시집 『태양새』 이후 『유관과 무관』, 『석류의 화염』 등의 시집과 산문집 『천양 28극』 등을 출간했다. 『중국신시연감』, 『몽롱시선』(중국문고 제4집), 『90년대 실력시인시선』 등을 주편했다. 제1회 한어시가쌍년(2000~2007) 십가상과 제8회 루쉰문예상 등을 수상했다. 광둥성작가협회 부주석을 지냈고, 현재는 중국작가협회 시가위원회 위원직을 맡고 있다.

지구 사과의 두 쪽

서해안의 여명에서 깨어나

동쪽에서 그대는 어두운 밤으로 들어가고 있다

지구는 하나의 사과

자모는 O   하느님이 배트를 휘두르니

명중한 야구공은 우주에서 쉼 없이 나뒹군다

나는 득의양양 이것은 미국에 대한 은유

조상의 태극 철학에 심취하여 동서의 하늘과 땅

머리와 꼬리가 서로 받드는 태극도 중간의 음양어陰陽魚처럼

이 개념은 그대 때문에 매우 분명하다

눈에 선한 두 그루 소나무

규룡虬龍처럼 구불구불 힘찬 나뭇가지   폭풍이 굳어버린 모습

전율하는 솔잎이 체질하는 돈의 실타래

얕은 연못에

두 마리 야생오리   아침햇살에 푸른 깃털이 움직인다

나는 해안가 목판이 깔린 회랑 길을 따라 아침에 움직이는데

대해의 흰 피부 같은 물결은   세상을 서서히 열며

맑고 투명한 하늘이 융화하며, 구름은 넘쳐흐르는 듯한 우유

태양 금화가 떠 있다

제8단지 커브길에서

다시 한 번 두 뚱뚱한 흑인 아가씨를 만나며

우호의 '하이'와 머리 위 갈매기 울음소리가 호응하며

끝없이 푸른 바닷물을 뚫고 지나간다

순간적으로 지구에 또 다른 반쪽에 도달하며

해가 뜨는 곳에서 해가 지는 곳까지

이 중간의 거리는 어찌 만 겹의 관산關山에 그치겠는가

가로등이 비방하며 이르는데

사람들 소리가 들끓는 고기 야채 도매시장

우리는 아주 가까이 지나가며   두 포기의 푸른 칭차이靑菜 같다

정신없이 자던 베란다는 누렇게 된 종이처럼

바람은 흔들거리는데   밤의 근육과 피부는 실크처럼 시원하다

달빛 하얀 앞이마   별의 눈

빛은 모든 구석을 가득 채우는데

이때 나는 비둘기 두 마리 소리를 들었다

그대의 미약한 핸드폰 신호는

고래처럼 태평양을 헤엄치며

사과와 또 다른 사과는

손바닥 안에서　동반구와 서반구

그렇게 가까운데　이웃집 여자아이 같다

봄날 유채꽃을 찾아도 만나지 못하고

천진난만 웃는 얼굴, 한 송이 한 송이 살아가며
푸른 옷 입은 들판의 아이
호탕한 봄바람 속에 손에 손 잡고
누가 이 금빛 찬란한 유화 물감을 흩뿌려놓았는가
고흐보다도 미친 노란색은 더 제멋대로다

식물 중에 나의 동포를 말하는데
그대의 얼굴도 만 가지 웃음을 오버랩시키며
마치 황금 해안에 와서
내 눈앞에 끝없는 파도로 나타난다
제멋대로 소요하며 봄기운은 하늘가에 출렁거리는데
갑자기 드러난 들판은 시야를 아프게 벤다
원래 유채꽃이 약속을 어겼으니, 사월에게 외치고 간다

피곤한 사람, 쇄신을 기다리며
황량한 마음씨
눈 깜짝할 사이, 황홀한 것이 양귀비인지
붉고 아름다운 당나라가 펼쳐 나온 듯
다섯 꽃잎의 태평성세, 얼마나 고귀한지 찬양한다

측천무후를 위해 허리 꺾지 않은 모란선녀는

전생과 현세의 아름다움을 휩쓸고 간다

꽃은 꽃이 아니며 때는 때가 아닌데

나는 당나라 진자앙陳子昻 시인도 아닌데, 서기 2014년의 동완東莞

낙양洛陽의 번화로움을 교체하고 있다

곰곰이 생각하며 기봉산旗峰山에 올라 노래 불러도

천지의 큰 아름다움은

지금 모란에게 덮여버렸다

송산호 松山湖

푸른 하늘을, 엎어놓은 호수

황금빛 햇살이 떨어지는데

산만한 머릿결이 봄바람의 손가락을 뚫고 지나가는데

누가 그대와 다정하게 지내는지

아주 작은 꽃봉오리가 흔들거린다

절벽 위에 구부러진 소나무가 석양에 빛나는데

그대의 목줄기처럼 분명해 보인다

푸른 석판에 온기를 남기며, 그대와 나는 무릎을 나란히 하고 앉아

희미한 수면에 백로가 비상하는 것을 본다

목신이 오솔길로 파견되어

몸 뒤의 멀지 않은 산비탈을 느릿느릿 내려가며

그대의 발자국 소리는 돌계단에서 오르락내리락 하며

미로의 실꾸리처럼, 호수를 따라 왔다 갔다 빙빙 돈다

바람의 상황을 알지 못하여, 과실 두 개를 호수 밑으로 떨어뜨리는데

심오한 남빛을 말아 올린다

처음처럼 고요한 송산호는

삼월에 얼마나 출렁거렸으면

구월에도 쉼 없이 가을 물결을 출렁거리고 있는가

양커

소통, 세 편의 시에 대해

이 세 편의 시에 대해 말해보기로 한다. 예전에는 중국에서 미국으로 배를 타고 가면 꼬박 삼 개월이 걸렸다. 그리고 배에서 내려 즉시 중국으로 편지를 쓰면 또 삼 개월이 걸렸다. 빨라도 반년이 걸려서야 통신을 주고받을 수 있었다. 하지만 지금은 미국으로 비행기를 타고 날아갈 수 있고 핸드폰의 미약한 신호로 중국의 친구와 소통할 수 있다. 이것은 마치 사과의 두 조각 같았다. 사과라는 말로 지구를 형용하면서도 애플 핸드폰을 비유한 것이다. 만약 첫 번째 시가 공간에 관한 글쓰기라고 말한다면, 두 번째 시는 시간에 관한 시이다. 서로 약속하여 드넓은 유채꽃을 보러 갔는데 꽃바다는 없었다. 다만 민숭민숭한 들판에 옆의 사람이 마치 당나라 측천무후에게 허리 굽히지 않은 모란처럼 피어 있는 것을 갑자기 발견하였다. 세 번째 시는 송산호를 유람하는 순간의 느낌을 쓴 것이다.

진샤오징

靳 曉 靜

1959년 중국 베이징에서 태어났으며 1988년 시 잡지《별》로 등단하였다. 첫 번째 시집『내 영원한 애인에게 바치며』이후『나의 시간사』,『예수는 나를 사랑한다』등의 시집과 산문집『남자, 아내, 애인』등을 펴냈다. 현재 시 잡지《별》의 부주편으로 있다.

그해 여름

그해 여름   홍기가 휘날리는
웅장한 산하에   나의 어린 시절을 주목하는 사람은 없었다
부모는 밤낮으로 거리로 나가 행진했고
집에 가지고 돌아온 것은 초연과 파편 조각
어린 동생은 기회를 틈타 집으로 강으로   강과 바다를 뒤집듯
다녔다

그해 여름 나와 대화하는 사람은 없었다
나는 뜰 안의 땅바닥에 쪼그리고 앉아
개미 몸이 작은 구멍 속을 드나드는 신비로움을 본다
개미들은 서로 머리 위의 촉수를 부딪치며 말하는데
좀 부족하지만   나는 개미들의 언어를 이해하려고 했다
대지는 나를 불태우고 땀이 줄줄 흘렀다
소나기가 하늘가에서 모여들고 있다

갑자기, 햇빛이 어두워지며
사람 그림자가 내 옆에 나타났다
그의 헝클어진 머리카락   사람들은 그가 미치광이라고 말한다
그는 내게 외쳤다   고양이 분장 얼굴

진샤오징

그런 후에 방긋 웃었는데   그의 치아는 새하얗다

나는 얼른 얼굴의 땀 흔적을 닦아냈다
그는 또 외쳤다 고양이 분장 얼굴
나는 듣고서 이것은 더욱 애칭 같았다
나는 웃었다   마음속으로 따스함이 생겨난다

그해 여름   이웃들은
이 남자   이 미치광이를 피했다
하지만 나는 조금도 그를 두려워하지 않았다
몰래 다시 만나기를 희망했다
정말로 몇 번 만난 후에는   그는 더 이상 나타나지 않았다
이웃들은 그가 죽었다고   자살했다고 말했다
죽음이란 뭐지   왜 자살했지
나는 또 그의 부모형제를 만난 적이 있다
그들은 살금살금 살아가며
누구를 놀라게 할까봐 두려워했다

그해 여름 나는 더 이상 말하지 않았다
대지에 긴 풀이 자라고   강산은 적막했다

나는 당신들의 이름을 쓴다

나는 지금까지 당신들의 이름을 모른다
나는 나의 아버지, 할머니, 외할아버지를 만난 적도 없다
당신들의 존함을 물어보았다면
아마 약간은 실례인 듯 가족의 금기 같았다
더 먼 연장자들에 대해 조상이라고 부를 수밖에

눈 날리는 오후에
노년의 부모들에게 마침내 물었다
당신들의 이름은, 한 자 한 자 그려보세요―
정중하게 초등학생이 제일행의 글자를 쓰듯이
할아버지: 진스민靳石民 할머니: 마샹푸馬香圃
외할아버지: 황위치黃毓奇 외할머니: 스치위施啓宇

나는 당신들의 이름을 쓰며 황홀함을 느낀다
손을 씻고   긴장하며 열을 내는데
세 살배기의 계집아이처럼
문틈으로 연장자들이 방 한가운데에
엄숙한 태도로 앉아 있는 모습을 엿보았다

진샤오징

나는 당신들의 이름을 쓴다

한자 중의 사랑愛과 고통痛을 쓴다

길게 이어진 황토　물 흐르는 청산을 쓴다

내 등 위의 따뜻함

창밖의 눈은 이미 그쳤다

이것은 만청 시대의 눈 민국 시대의 눈인 것처럼

당신들의 이름에 보존되어

내게 보존되어 얼굴에 드러나지만

앞으로 공개하지 않고 비밀을 지켜나갈 운명일 뿐이다

자신에게 쓰는 한 통의 편지

바다로 들어가는 강 입구에서
돌아보며   나는 본다
먼 길에 흩어져 있는 자신을
길에   흙먼지에
용마루 나무그림자 다리 철궤 뒤로 흘러간다
명중한 은인들이 왔다가 떠나가는데 지금은
각처에서 나는 당신들을 찾았다
다른 연령대의 당신들의 몸을 안고
당신들은 나의 운명에 융합되어
무수한 은유처럼 시행 속에 잠입했다

나는 보았다, 그녀는 스물한 살에
우주의 블랙홀이 성운을 굽어보며
그녀를 굽어보고 있다   철궤 위에 앉아
나뭇잎 하나 풀 한 포기가 전율하듯이
블랙홀의 울음소리 속에서 그녀는 물러난다
곧바로 화장실로 들어가   문을 닫고 나오지 않는다
다시 나왔을 때   햇빛은 칼조각이 흩어지는 것처럼
삼군의대三軍醫大로 통하는 길에서

진샤오징

돌이 차바퀴 아래 튕겨져나가고   대지가 솟구친다

그녀는 걷다 멈춰   회상한다

아프리카코끼리처럼 밀림 속으로 사라지는 것을

오래된 근심 걱정은 이 천체 위에서

없는 곳이 없는데   가족의 슬픔과 고통은

세대 간에 전달되며   그녀처럼 젊어도

얼굴색이 창백하고   사는 것이 쓰고 짜다

이런 그녀가   나를 대신하여 살아가도

나로 하여금 삼십 년 후에 그녀를 찾았을 때

뜨거운 눈물 머금고 말하리라   감사합니다

세월 뒤의 사람을 불쌍히 여기도록 신은 우리를 필요로 한다

과거의 자신에게 한 통의 편지를 쓰며

그치지 않는 고통   그치지 않는 탄식

깊이를 헤아릴 수 없는 운명을 향해 허리 굽혀 인사드려야 한다

영성을 통하게 하다

내가 '시가(詩歌)'란 두 글자를 쓸 때 가장 먼저 말하고 싶은 것은 '감사합니다!'이다. 어떠한 정신적 혼란에 처했을 때에도 시는 내 마음을 굳건히 다지게 하고 안정시켜주었다. 시는 나 자신과 만물의 관계를 바라보게 했고, 나의 시각, 청각, 후각, 미각, 촉각 등이 가능한 더 멀리 뻗어나가게 했다. 시는 나로 하여금 영성을 통하게 하는 것을 도와주었고, 천리안을 뜨게 하여 이 드넓은 세상에 대해 동정과 사랑을 품게 하였다. 이것은 아마도 깨달은 것이리라.

   내가 처음 시를 접한 것은 책에서가 아니라 어린 시절의 기억과 체험 속에서였다. 어렸을 때 우리 집은 기차역 부근에 살았다. 밤에 나는 자주 기차의 기적 소리에 놀랐는데, 그 소리 다음에는 기차 바퀴가 철궤를 진동시키는 소리가 들렸다. 밖은 칠흑같이 어두운 깊은 밤이었다. 나는 그 거대한 소리가 사라진 후에도 오래도록 잠들지 못하며 그 기차 탄 사람들이 어디로 가는지 상상해보았다. 그 요원함과 신비로움이 나로 하여금 두려움을 느끼게 하는 동시에 유혹을 느끼게 했다. 어린 시절의 내가 미칠 수 없는 먼 곳은 밤마다 나의 상상을 불러일으켰다. 비록 그때 나는 그것이 바로 시라는 것을 몰랐을지라도.

   사실 인간의 영성을 통할 수 있게 하는 것은 시만이 아니다. 시·종교·심리학 모두 동질적인 것이다. 사람으로 하여금 상상을 하게 해서 체험을 얻게 하고 영성을 통하게 할 수 있다. 이로써 한 사람은 다른 것에 내재하는 지혜와 닿을 수 있는 것이다.

시를 써본 적이 있는 사람들은 대체로 그 자신에게도 보통사람들이 알지 못하는 고통과 행복이 있다는 것을 알고 있다. 그가 말하는 것은 그가 말하고 싶은 것보다 많지 않다. 그가 하는 일은 평생 노아의 방주를 만드는 것 같다. 이것 외에 그가 소유한 것은 아주 적다. 이것은 약간의 '미친' 힘이 필요한데 아마도 넓은 의미의 헌신정신이다. 영원한 맹세를 하고 하느님에게 시집가서 평생 동안 주님을 섬기는 수녀를 생각해보면, 얼마나 큰 용기가 필요하겠는가. 이 시대에 한 시인이 되는 것을 선택하는 것도 마찬가지로 용기가 필요하다. 이것은 아마도 숙명이리라.

하지만 나는 믿는다. 시를 써본 적 있는 사람들은 내심으로 평생 시에 감사할 것이라고 믿는다. 이 모든 것이 우연히 그가 자신 위의 신령을 만날 수 있다는 뜨거운 사랑 때문이리라.

진은영

陳 恩 英

1970년 대전에서 태어났다. 이화여자대학교 철학과를 나오고 같은 대학원에서 니체와 나가르주나를 비교한 논문으로 박사학위를 받았다. 2000년에 《문학과사회》로 등단하여 『일곱 개의 단어로 된 사전』, 『우리는 매일매일』, 『훔쳐가는 노래』 등의 시집을 냈다. 문학이론서 『문학의 아토포스』와 철학서 『니체, 영원회귀와 차이의 철학』 등을 출간했으며, 현재 한국상담대학원대학교에서 문학상담을 가르치고 있다. 시 쓰기를 통해 다양한 분야, 다양한 연령대의 사람들을 만나고 그들의 마음과 삶, 그리고 그들이 살고 있는 사회에 대해 이야기 나누는 일을 좋아한다.

그날 이후

아빠 미안
2킬로그램 조금 넘게, 너무 조그맣게 태어나서 미안
스무 살도 못 되게, 너무 조금 곁에 머물러서 미안

엄마 미안
밤에 학원 갈 때 핸드폰 충전 안 해놓고 걱정시켜 미안
이번에 배에서 돌아올 때도 일주일이나 연락 못해서 미안

할머니, 지나간 세월의 눈물을 합한 것보다 더 많은 눈물을 흘리게 해서 미안
할머니랑 함께 부침개를 부치며
나의 삶이 노릇노릇 따듯하고 부드럽게 익어가는 걸 보여주지 못해서 미안

아빠 엄마 미안
아빠의 지친 머리 위로 비가 눈물처럼 내리게 해서 미안
아빠, 자꾸만 바람이 서글픈 속삭임으로 불게 해서 미안
엄마, 가을의 모든 빛깔이 다 어울리는 엄마에게 검은 셔츠를 계속 입게 해서 미안

진은영

엄마, 여기에도 아빠의 넓은 등처럼 나를 업어주는 포근한 구름
이 있어
　여기에도 친구들이 달아준 리본처럼 구름 사이에서 햇빛이 따
듯하게 펄럭이고
　여기에도 똑같이 주홍 해가 저물어
　엄마 아빠가 기억의 두 기둥 사이에 매달아놓은 해먹이 있어
　그 해먹에 누워 또 한숨을 자고 나면
　여전히 나는 볼이 통통하고 얌전한 귀 뒤로 머리카락을 쓸어넘
기는 아이
　제일 큰 슬픔의 대가족들 사이에서도 힘을 내는 씩씩한 엄마 아
빠의 아이

　아빠, 여기에는 친구들도 있어
　이렇게 말해주는 친구들도 있어
　"쌍꺼풀 없이 고요하게 둥그레지는 눈매가 넌 참 예뻐"
　"너는 어쩌면 그리 목소리가 곱니,
　어쩌면 생머리가 물 위의 별빛처럼 그리 빛나니"

아빠! 엄마! 벚꽃 지는 벤치에 앉아 내가 친구들과 부르던 노래 기억나?

나는 기타를 잘 치는 소년과 노래를 잘 부르는 소녀들과 있어
음악을 만지는 것처럼 부드러운 털을 가진 고양이들과 있어
내가 좋아하는 엄마의 밤길 마중과 내 분홍색 손거울과 함께 있어
거울에 담긴 열일곱 살, 맑은 내 얼굴과 함께, 여기 사이좋게 있어

아빠, 내가 애들과 노느라 꿈속에 자주 못가도 슬퍼하지 마
아빠, 새벽 세시에 안 자고 일어나 내 사진 자꾸 보지 마
아빠, 내가 여기 친구들이 더 좋아져도 삐치지 마

엄마, 아빠 삐치면 나 대신 꼭 안아줘
하은언니, 엄마 슬퍼하면 나 대신 꼭 안아줘
성은아, 언니 슬퍼하면 네가 좋아하는 레모네이드를 타줘
지은아, 성은이가 슬퍼하면 나 대신 노래 불러줘
아빠, 지은이가 슬퍼하면 나 대신 두둥실 업어줘
이모, 엄마 아빠의 지친 어깨를 꼭 감싸줘
친구들아, 우리 가족의 눈물을 닦아줘

진은영

나의 쌍둥이 하은언니 고마워

나와 함께 손잡고 세상에 와줘서 정말 고마워

나는 여기서, 언니는 거기서 엄마 아빠 동생들을 지키자

나는 언니가 행복한 시간만큼 똑같이 행복하고

나는 언니가 사랑받는 시간만큼 똑같이 사랑받게 될 거야,

그니까 언니 알지?

아빠 아빠

나는 슬픔의 큰 홍수 뒤에 뜨는 무지개 같은 아이

하늘에서 제일 멋진 이름을 가진 아이로 만들어줘 고마워

엄마 엄마

내가 부르고 싶은 노래들 중 가장 맑은 노래

진실을 밝히는 노래를 함께 불러줘 고마워

엄마 아빠, 그날 이후에도 더 많이 사랑해줘 고마워

엄마 아빠, 아프게 사랑해줘 고마워

엄마 아빠, 나를 위해 걷고, 나를 위해 굶고, 나를 위해 외치고
싸우고

나는 세상에서 가장 성실하고 정직한 엄마 아빠로 살려는 두 사

람의 아이 예은이야

　나는 그날 이후에도 영원히 사랑받는 아이, 우리 모두의 예은이

　오늘은 나의 생일이야

❖ 유예은은 2014년의 4·16 세월호 참사로 희생된 안산 단원고 2학년 3반 학생입니다. 10월 15일, 안산
의 치유공간 〈이웃〉에 예은이 부모님과 세 자매들, 그리고 친구들이 모여 아이의 열일곱 번째 생일 모임
을 했습니다. 그날은 쌍둥이 언니 하은이의 생일이기도 했습니다. 생일 모임에 참석하지 못한 예은이를
대신하여 시인 진은영이 예은이의 이야기를 전했습니다.

진은영

회전율

배에서 내린 소년들은
킬러의 손에 들린 단도처럼
세상을 향해 제 영혼을 푹, 찌르고

배에서 내리지 못한 소녀들은
사격선수의 총알처럼 날아와
사랑의 회색 심장을 터트리고

아침은 가위를 들어
강철무지개를 싹뚝 자르고

기도를 올리다
하늘을 보는 사람들의 얼굴 위로
은빛 면도칼이 쏟아지고

구원은 플랫폼에서 반쪽으로 찢겨 검표원 손아귀에 남겨진다
차표를 넘겨받은 시간만이 총총
기차 속으로 사라지고

배는 왼쪽으로 가라앉고
　　　오른쪽에서 떠오르고
　왼쪽으로 다시 가라앉고

나에게 완벽한 남극을 다오
모든 바다가 얼어붙어 정지하도록

봄은 왼쪽으로 가라앉고
　　　오른 쪽에서 떠오르고
　왼쪽으로 다시 가라앉고

침묵이 긴 혀로 슬픔의 흰 공을 돌리고 있는
　　　겨울, 여름, 가을

　　　　　　　　　　진은영

회화 繪畵

젖소들이 어슬렁거린다

도트무늬 우산은 경쟁하고 있다, 빗방울과.

네가 네 몫으로 주어진 죽음의 점에 명중하기를!

우산의 규칙을 모르는 척 비는 쏟아지고

안녕 폭우! 안녕 노래!

나는 머리가 홀러덩 벗겨진 비닐하우스처럼 젖고 있어

내 희미한 꽃들은 웅덩이의 동심원 안에서 피어난다

주인 잃은 빨간 장화들이 하늘의 페달을 밟으며

멀리 날아가고

흰 젖이 정오의 빛을 따라 뿌려지네

묻힌 송아지들을 위해 파릇파릇한 잔디 위에

예술의 새로움에 대하여

예술에서의 새로움은 언제나 필연적으로 성급한 시도, 그에 따른 실패, 또는 그 실패를 통한 교육이다. 그것은 혁명의 변증법에 대한 로자 룩셈부르크의 생각과 유사하다. 그녀는 노동자계급이 객관적인 조건들이 성숙되기도 전에 권력을 너무 '성급히' 장악하는 것에 반대하는 베른슈타인의 두려움을 비웃었다. 그녀에 따르면 모든 혁명은 필연적으로 시기상조의 시도이다. 혁명적 자질을 획득하는 유일한 방법은 바로 '성급하게' 그것을 시도하는 것이다. 만약 우리가 그저 '적당한 시기'를 기다리기만 한다면 우리는 절대로 그 순간에 도달하지 못할 것이라고 로자는 생각했다.

예술에서의 혁명 역시 마찬가지다. 새로운 실험은 대부분 서투르고 미숙하며 실패로 돌아간다. 예술가는 미묘한 부분에 이르기까지 예술적 효과를 계산하기 힘들다. 그리고 실험 자체가 강렬하고 멋진 것이더라도 그것에 충분히 자극될 능력과 미시 식별력을 발휘할 수 있는 비평가나 독자의 '미리' 준비된 신체를 만날 수 없다. 예술에서도 예술가의 숙련된 손가락과 독자의 예민한 신체는 모두 실패를 통한 교육의 산물이기 때문이다. 비록 서툴지만 과감한 예술적 실험들이 더 자주 시도되어야 하고 그것들에 대한 끊임없는 관심이 필요하다. 시인과 독자 모두 수정주의자의 두려움을 던져버려야 한다.

—「나의 시를 말한다 — 문학과 우정」 중에서

진은영

동북아, 세 나라 언어의 거울 속으로

동북아의 동인 결성은 오래된 꿈이었다. 중견·중진 시인들의『몬
순MONSOON』발간은 국제동인 시대를 여는 문학사적 쾌거이다.
베이징·서울·도쿄에서의 동시 출간은 그 의미가 크다 하지 않을
수 없다. 3국 15인 시인이 셋이면서 하나이고 하나면서 셋일 수
있는 트라이앵글을 만들었다.

시란 장르는 각국의 독특한 삶과 방식 속에 있다. 민족 언어의
깊이와 기교, 불가피했던 슬픔과 기쁨, 희망과 치유, 자신에 대한
자책과 수행, 시적 이상을 통해 몸이 배운 사회적 본능을 영혼 속
에 수용하는 형식이다. 시인의 꿈은 크다면 크고 작다면 아주 작
다. 늘 문제를 일으키며 우리를 따돌리는 것들과 대응하고, 아주
작은 눈빛들을 붙잡고 쉽게 놓아주지 않는 미미한 이름의 사랑으
로서 내재화를 위해 괴롭힐 줄 아는 것이 시의 모습이다.

동북아엔 한국과 중국, 일본뿐이다. 지구의 동쪽 머리에서 3국
은 지정학적 동시성을 가지고 함께 독자적 언어와 역사를 창조해
왔다. 우리는 앞으로 지금보다 더 멀어질 순 없다. 실패한 과거 규
칙에 의한 각축과 불신은 새로운 미래를 열 수 없다. 각자의 시가
이웃 나라의 시에게 높은 형식의 정신과 평화를 선물하는 계절풍
이 되길 바란다.

시와 얼굴이 다르게 비추는 언어의 전신거울 앞에 서는 경이를

경험하게 되었다. 중국시와 일본시가 한글의 나라로, 일본시와 한국시가 한자의 나라로, 한국시와 중국시가 가나의 나라로 건너면서 다른 모습을 보여줄 것이다. 결국 그 본질이 모국어의 토양 속에 있으면서도 또 '시'는 타국의 언어로 자아가 타자로 비춰지고 싶은 꿈의 그 '무엇'이다.

통약通約 불가능해 보이는 패러다임이 하나의 소통을 가지는 것은 다른 미래와 과거의 시간에서 이곳으로 예외와 미정未定을 확장하는 일이기도 하다. 또 경계를 이동하면서 없었던 시단의 영토와 독자를 만나는 희망과 설렘이다. 천변만화하는 대륙과 반도, 열도의 유구한 문체와 현재적 문제들이 몬순의 계절에 맞춰 출항하길 바란다.

창간 멤버는 중국의 린망, 양커, 진샤오징, 쑤리밍, 선웨이 시인, 일본의 시바타 산키치, 스즈키 히사오, 나무라 요시아키, 사소 겐이치, 나카무라 준 시인, 그리고 한국의 고형렬, 김기택, 나희덕, 심보선, 진은영 시인이다. 45편의 신작시와 일부 근작을 보내준 각국 동인들에게 감사의 말을 전한다.

특히 지난 1년간 140여 회의 이메일을 번역하여 전달하면서 동북아 시의 교량을 놓아준 권택명, 심승철 두 분에게 특별한 감사를 드린다. 동인 결성과 동인시집 발간은 이 두 분이 있어서 가능했다. 얼굴이 희미한 '이쪽'에서 우리는 다른 언어의 '저쪽'을 새로운 자아로 바라볼 수 있는 창을 가지게 되었다.

『몬순』이 수많은 이웃의 아픔과 함께하고 반인간적 기획과 행위에 반대하면서 이해, 비교를 통한 새로운 시각과 자기형식을 찾는 아시아 시단이 되길 진심으로 바란다.

—한국동인 대표집필 고형렬

우리 마음속 가장 빛나는 언어를 말해야

중국의 신시新詩가 걸어온 백 년은 비록 짧을지라도 그렇게 간단치는 않다. 왜냐하면 신시는 두 개의 날아가는 날개를 갖고 있기 때문이다. 하나는 중국 고체시古體詩의 거대한 배경이고, 다른 하나는 최근 백 년 동안 중국 시인이 끊임없이 세계의 뛰어난 시의 영향을 받은 것이다. 이로써 중국 신시는 아주 높이 비상했고 아주 멀리까지 날아갈 수 있었다. 현재 중국 신시에는 뛰어난 시인들과 경전이라 부를 만한 시가詩歌 작품을 많이 보유하게 되었다.

지난 백 년 동안, 중국 신시는 두 차례의 단절과 절정을 경험했다. 지난 세기 중국 고체시와 단절하며 새로운 백화시白話詩의 길이 시작되었다. 또한 지난 세기 사회 변혁의 원인으로 앞의 30년 기간 동안 비교적 완전하게 갖춘 신시의 심미체계를 형성하였기 때문에 이데올로기가 단절되면서 가져온 도전을 받았다. 두 차례의 비교적 큰 단절을 제외하고, 중국 신시는 여러 번의 자신과 외부에서 온 분쟁과 충격을 경험했다. 하지만 1930년대와 1980년대의 두 차례의 시가 고조기를 경험한 중국 신시는 끊임없는 성장과 앞으로 나아가는 힘을 갖게 되었다.

21세기가 도래한 후, 인터넷 시대와 매체의 신속한 발전에 따라 중국의 신시도 다원적으로 공생하며 공통적으로 발전하는 새로운 국면을 맞이하였다.

중국의 신시는, 지난 몇십 년 동안 학교의 부실한 기초교육 속에서 시인이 성장할 수밖에 없는 환경이었기 때문에 혼자 공부하거나 상호 학습에 의지하며 시를 감상하고 창작하는 기본적인 수준에 머물러 있었다. 최근 몇 년 동안 중국의 신시 활동이 다양해지며 시문학상도 많아지고 시의 전체적인 내용도 매우 번영하였다. 하지만 중국 신시는 여전히 생기 가득한 황무지다. 아주 적은 수의 시인들만이 나무로 자라고 있을 뿐, 많은 시 창작자들은 아직도 시의 황무지 속에서 배회하고 있다.

　이런 전체적인 시가 상황 속에서 한국의 고형렬 시인이 국제교류를 추진하며 중·일·한 3국 시인의 동인지를 발간하자고 제안하였다. 이는 중국 시인들의 교육과 학습을 기대하는 심경에 부합되었기 때문에 우리는 아주 반갑고 기쁘게 여겼다.

　우리는 시가詩歌 전통을 두텁게 가지고 있는 나라에서 생활하고 있다. 우리의 생명과 문화 구조 속에서의 시적 사유는 일종의 필연적인 것이다. 시로 우리의 생각을 표현하고, 시로 우리의 감정을 토로하는 것은 아주 자연스러운 일이다. 시를 숭상하는 나라에서 살고 있다는 것이 우리에게는 행운이다. 시는 우리의 생활을 평범하지 않게 만드는 부분이 있다. 그것은 우리에게 현실세계와 관계가 아주 밀접한 다른 예술세계를 갖게 해주었다.

물론 중국에서도 시와 시인에 대해 일반 대중의 고정된 시선들이 있다. 사람들은 시를 존중한다. 그러나 동시에 시인은 특별한 사람으로서, 술꾼이며, 용모나 옷차림 따위에 신경 쓰지 않는 사람이며, 심지어 바보 또는 미치광이 같은 사람이라고 여긴다는 것이다. 그렇다, 시인은 보통 사람보다도 더 예리한 인지력을 갖고 있으며 글을 짓기 위한 천부적인 언어 재료를 가지고 있다. 동시에 그는 아주 평범한 사람이다. 물론 한 시인의 성공은 천재성만으로는 부족하다. 반드시 삶과 인류 문화에 대한 경험과 이해를 갖고 있어야만 한다. 한 인간으로서 사회적 책임을 진지하게 이행하는 동시에 창작에 몰두해야 한다. 또한 조급한 성공과 눈앞의 이익에만 급급하지 않고 삶의 경험에 대한 자신의 글쓰기를 진지하게 완성해나가야 한다. 그렇게 해야 비로소 사람들 마음에 깊이 새겨지는 좋은 작품을 써낼 가능성이 있다.

　뛰어난 시인은 삶 속에서 그에게 종속된 민족의 역사와 현실생활 속의 경험을 반드시 가지고 있다. 글자와 행 사이에 삶에서 오는 잠재적인 인지와 체험을 체현해내는 것이다. 그것들은 고심하여 추구되는 것이 아니라 자연적인 흐름에서 나오는 것이다. 내심의 세계로 깊이 들어가서 삶의 원천을 탐색하며 현실의 세계를 마주해야 한다. 그런 작품이라야 신뢰할 가치가 있다.

이렇게 복잡한 세계를 마주하는 예술은 우리에게 자신의 영혼과 묵묵히 대화하는 방식을 찾게끔 한다. 우리는 이런 대화 속에서 삶을 체험하며 한 걸음씩 높은 경지에 도달하였다. 예술은 이런 현실세계에서 우리를 위해 다음과 같은 과제를 제공했다. 로댕은 "예술은 진실하게 배워야 하는 과목이다."라고 말했다.

중국 신화소설 『서유기』에서 손오공이 막 세상에 나왔을 때, 두 눈을 빛내며 천상의 옥황대제를 깜짝 놀라게 했다. 하지만 인간 세상의 평범한 과일을 먹고 빛이 사라졌다. 이것은 그저 하나의 이야기일 뿐 아니라 의미 깊은 예언 같기도 하다. 만약 우리가 삶의 원형의 빛을 유지하고 싶다면 반드시 세속의 오염을 배제할 능력이 있어야 한다는 것이다. 문학으로 말하자면, 우리 주위에는 많은 문자의 쓰레기들이 존재하고 있다. 우리 주위를 가득 채운 저열한 예술들이 만일 '인간 세상의 평범한 과일'이라면 그것들은 우리 마음의 빛을 뒤덮을 것이다. 그것들을 마음속에서 털어낼 능력이 있는 사람이라면, 삶을 빛나게 할 것이며 진정 뛰어난 시를 쓸 것이며 당신 마음속 가장 빛나는 언어로 말할 수 있을 것이다.

우리는 믿는다. 세 나라에서 동시에 출판되는 동인지가 시공을 초월한 힘을 갖고, 다른 나라 시인들의 영혼을 서로 연결시킬 수 있으며, 나아가서 인류 공통의 감정을 연결시킬 수 있을 것이라고. 또한 대대로 전해질 가능성을 갖고 있다고. 어쩌면 이것이 바로 시의 가치와 의미가 될 것이라고.

— 중국동인 대표집필 린망林莽

'아시아'라는 '원고향原故鄕'을
구상하고 창조하기 위해

'몬순MONSOON'은, 일반적으로는 계절풍이나 그에 따르는 호우豪雨 등을 나타내는 의미지만, 한국의 고형렬 시인이 제안한 이 이름은 그 이름 아래 모인 한국·중국·일본 시인들에 의한 '아시아에서 솟아오르는 시적 정신'의 시 운동의 장이라고 선언하고 싶다. 예부터 중국의 한시, 한국의 시조와 민담, 일본의 단카短歌와 하이쿠俳句 등의 시를 창작해온 세 나라의 민중들은 계절풍 등의 자연과 공생하며 산하나 우주와 대화하면서 시를 창작하는 것에 가치를 두는 문화를 수천 년에 걸쳐 발전시켜왔다. 그와 같은 시신詩神의 속삭임이 아시아의 다양한 장소에서 읊어지고 기록되며, 그들 시가詩歌는 국경이나 바다를 넘어 서로의 시적 정신을 풍성하게 하도록 상호영향을 주고받아왔다. 다수의 시인들은 지금까지 현재화顯在化되지 않고 있을지는 모르지만, 아시아의 다른 나라 시인들에게 큰 관심을 가지고 있었다. 이번에 발간되는 『몬순』의 시도는, 3개국 15명의 시인들이 내셔널리즘을 넘어 시인 개인의 감수성과 시적 정신의 존재를 점검받는 자리가 될 것이다. 각국의 자연이나 사회 정황 등이 상이한 까닭에 동인들의 상호 이해는 그리 간단한 것은 아닐 것이다. 그런 것들로 인한 시련이 있다면 그때야말로, '미래의 아시아라고 하는 시적 정신의 영토'가 풍성하게 경작되어가는 순간이며, 그곳에 『몬순』의 풍성한 생명수도 쏟아져 내릴 것이라고 상상한다. 우리는 그와 같은 '아시아'의 다양성에 존재하는 시적 정신을, 시작詩作과 산문을 통해 모색하기 시작하였다.

지금은 21세기도 벌써 15년이 지난 시점이다. 현재 지구 환경 파괴, 핵무기 확산, 원자력발전소 사고, 민족·종교 분쟁, 글로벌화에 의한 경제 격차, 상상을 초월하는 천재天災와 과학기술에 의한 대형사고 등등 19세기와 20세기가 촉발한 과제들이 다시금 그 심각성이 증대되어 눈앞에 다가와 있다. 유럽 국가들이 내셔널리즘에 농락된 세계대전 전야의 시기에, 독일의 철학자 에드문트 후설은, 고향과 타향의 근저에는 '원고향原故鄉'이라는 지평이 펼쳐져 있으며 '유럽'이야말로 '원고향'이라고 하면서, 전쟁을 우려하여 이성적인 평화를 추구하자는 구상을 말했다. 칸트의 항구恒久 평화와 연관되는 이 사상은, 세계 대전의 비극을 거쳐 현재의 '유럽'에서 실현되고 있다. 21세기의 아시아에서도 '아시아'적인 지혜를 고대 사상으로부터 길어 올려서 다양한 어려움을 극복하고 '아시아'라는 '원고향'을 구상하며 창조해갈 기회가 바로 『몬순』일지도 모르겠다는 생각을 해본다. 어떠한 정황 속에서도 시인은 시적 정신을 원천으로 하여, 다양한 현실적인 문제를 직시하면서 작은 목소리라 할지라도 진실의 언어를 영혼의 내면 깊숙한 곳에서 계속 발신해야 할 것이다. 그 작은 목소리 15개가 어떠한 미지의 울림이 되어 아시아의 지평에서 연주될 것인가. 그 시도는 이미 이번 창간호에서 시작되었다. 이를 바탕으로 하여 더욱더 풍성하게 이 시도를 지속하고 발전시켜가기를 기대하고 있다.

지금은 4월 초순. 일본에서는 벚꽃이 만개한 상태지만, 벚꽃의 아름다움에 외경을 느낀 소설가 가지이 모토지로梶井基次郎는 '벚꽃나무 밑에는 시체가 묻혀 있다'고 그의 소설에서 쓰고 있다. 일본인들의 마음에는 벚꽃을 바라볼 때, 별세한 친족이나 사랑하는 사람들을 추념하며, 스스로의 삶의 자세를 바로잡으려는 생각이 있다. 한국인들이 무궁화를, 또한 중국인들이 모란을 바라볼 때도, 틀림없이 그러한 생각을 하게 되리라. 일찍이 세 나라는 불행한 역사를 경험하였지만 그때의 희생자들을 망각하지 않고, 우리는 한국·중국의 동인들과 깊은 시적인 커뮤니케이션을 해나가기를 기대하고 있다.

—일본동인 대표집필 스즈키 히사오鈴木比佐雄

일본어 번역 **권택명**

1950년 경북 경주에서 태어나 1974년《심상》으로 등단한 시인이자 번역가이다.
시집 『첼로를 들으며』, 『예루살렘의 노을』 등과 역서 『하얀 가을』, 『한국의 율리시즈 김광림』,
『제비둥지가 있는 집의 침입자』 등이 있다. 현재 한국시인협회 교류위원장을 맡고 있다.

중국어 번역 **박남용**

1968년 충북 옥천에서 태어나 1998년《시세계》로 등단한 시인이자 번역가이다.
시집 『소래포구에서』, 역서 『낙인』, 『빅토리아 항을 지나며』, 『20세기 중국 문학의 이해』와
저서 『중국 현대시의 세계』, 『한중 현대문학 비교연구』 등이 있다. 현재 한국외국어대학교
미네르바 교양대학 조교수로 재직 중이다.

몬순

초판 1쇄 2015년 6월 22일

지은이　｜　고형렬 외
발행인　｜　노재현
책임편집　｜　박성근
디자인　｜　권오경
마케팅　｜　김동현 김용호 이진규

펴낸곳　｜　중앙북스(주)
등록　｜　2007년 2월 13일 제2-4561호
주소　｜　(135-010) 서울시 강남구 도산대로 156 jcontentree빌딩 6, 7층

구입문의　｜　1588-0950
내용문의　｜　(02) 3015-4512
홈페이지　｜　www.joongangbooks.co.kr
페이스북　｜　www.facebook.com/hellojbooks

ISBN 978-89-278-0654-7　03800